ESCUCHANDO AL CORAZÓN

JULES BENNETT

HARLEQUIN

Editado por HARLEQUIN IBÉRICA, S.A.
Núñez de Balboa, 56
28001 Madrid

© 2013 Harlequin Books S.A.
© 2015 Harlequin Ibérica, S.A.
Escuchando al corazón, n.º 117 - 27.5.15
Título original: To Tame a Cowboy
Publicada originalmente por Harlequin Enterprises, Ltd.

Todos los derechos están reservados incluidos los de reproducción, total o parcial. Esta edición ha sido publicada con autorización de Harlequin Books S.A.
Esta es una obra de ficción. Nombres, caracteres, lugares, y situaciones son producto de la imaginación del autor o son utilizados ficticiamente, y cualquier parecido con personas, vivas o muertas, establecimientos de negocios (comerciales), hechos o situaciones son pura coincidencia.
® Harlequin, Harlequin Deseo y logotipo Harlequin son marcas registradas propiedad de Harlequin Enterprises Limited.
® y ™ son marcas registradas por Harlequin Enterprises Limited y sus filiales, utilizadas con licencia. Las marcas que lleven ® están registradas en la Oficina Española de Patentes y Marcas y en otros países.
Imagen de cubierta utilizada con permiso de Harlequin Enterprises Limited. Todos los derechos están reservados.

I.S.B.N.: 978-84-687-6041-4
Depósito legal: M-5824-2015
Impresión en CPI (Barcelona)
Fecha impresion para Argentina: 23.11.15
Distribuidor exclusivo para España: LOGISTA
Distribuidor para México: CODIPLYRSA
Distribuidores para Argentina: Interior, DGP, S.A. Alvarado 2118.
Cap. Fed./Buenos Aires y Gran Buenos Aires, VACCARO HNOS.

Capítulo 1

¿CÓMO se había metido en aquella situación? Era ridículo. No era propio de ella. El peligro no iba con ella. Era una mujer sensata, metódica. No salía huyendo víctima de un impulso. Nunca lo había hecho. No obstante, su madre siempre había definido así sus actos.

Cherry Gibbs se protegió los ojos mientras observaba la estrecha carretera, definida por muros de piedra y con extensos olivares a ambos lados, que llegaba hasta donde alcanzaba la vista. Entonces, se fijó de nuevo en el coche de alquiler, que estaba parado estoicamente bajo el cálido sol de mayo con la puerta del conductor abierta. Por milésima vez en la última hora se volvió a montar en el vehículo y trató de arrancarlo. Nada.

–No me hagas esto –dijo mientras se apartaba un mechón castaño del acalorado rostro–. Aquí no. Ahora no. Por favor, por favor, arranca esta vez.

Contuvo el aliento e hizo girar la llave en el contacto. Ni un sonido. Resultaba evidente que el coche no iba a llevarla a ninguna parte. ¿Qué podía hacer? No podía quedarse allí todo el día esperando que apareciera alguien. No habría supuesto un problema si se hubiera quedado en una de las autopistas o carreteras principales, pero, después de marcharse de la ciudad en la que había pasado la última noche, había tomado la decisión de circular por las carreteras secundarias, menos concurridas. Había descubierto que Italia era muy diferente de Inglaterra en muchos aspectos, la mayoría de ellos buenos. Sin embargo, la conducción no era uno de ellos.

Parecía que no había reglas en la carretera. Conducir por las ciudades era una experiencia que le ponía los nervios de punta. Tenía que concentrarse cada segundo que estaba detrás del volante. Los italianos se incorporaban al tráfico repentinamente, adelantaban en cualquier situación, no respetaban los semáforos, se pegaban mucho al vehículo que circulaba delante de ellos y tocaban el claxon incesantemente.

Llevaba cinco días en la región de Puglia, el tacón de la bota que forma el mapa de Italia, y corría el peligro de desarrollar un dolor de cabeza crónico por el estrés. Resultaba irónico que precisamente se hubiera escapado del Reino Unido para huir de eso. Por eso, había tomado la decisión de apartarse durante un tiempo de las ciudades.

A pesar de todo esto, no se podía decir que no hubiera disfrutado de los últimos días. Desde que llegó al aeropuerto de Brindisi, había estado explorando la zona en su coche de alquiler. Había visitado Lecce y la península Salentina, que era un lugar innegablemente hermoso. La ciudad vieja de Lecce era un laberinto de calles repletas de iglesias barrocas y, cuando llegó a la punta misma de la península, se sintió como si estuviera en el fin del mundo al observar las lejanas montañas de Albania. Aquel había sido un día especialmente agradable. No había pensado en Angela y Liam más de una docena de veces.

Después de cerrar los ojos durante un instante, los abrió y se bajó del coche. No iba a dejarse llevar por la autocompasión. Observó el resplandeciente cielo azul. Ya había llorado suficiente en los últimos meses. Aquel viaje era el principio de una nueva vida, en la que no iba a vivir en el pasado ni a lamentarse por lo que había perdido.

Metió la mano por la ventanilla del copiloto y sacó el mapa que había comprado en el aeropuerto. Había abandonado su pequeña pensión de Lecce después de desayunar y había ido conduciendo por la costa durante unos cincuenta kilómetros aproximadamente antes de dirigirse hacia el interior. Había parado a llenar el depósito de su pequeño Fiat en una ciudad llamada Alberobello y había pasado allí algún tiempo visitando las pintorescas *trulli*, las casas típicas de la región. Después, compró unos higos y un *panetto*, bollo hecho de pasas, almendras, higos y vino, en un mercado.

Al menos, no se moriría de hambre. Llevaba sus compras en el asiento trasero. Le estaba empezando a parecer que había pasado mucho tiempo desde el desayuno.

Se había marchado de Alberobello hacía unos veinte minutos y, casi inmediatamente, se había encontrado en el corazón del estilo de vida tradicional del sur de Italia en medio de un paisaje de pinos, almendros, viñedos e interminables olivares. Desgraciadamente, por estar en medio de ninguna parte, iba a resultar difícil que encontrara a alguien que le echara una mano. Llevaba un rato conduciendo por carreteras secundarias y senderos de tierra. Lo peor de todo era que no tenía una idea clara de dónde estaba el pueblo más cercano.

Arrojó el mapa al interior del coche por la ventanilla abierta y suspiró. Tenía su teléfono móvil, pero ¿a quién diablos podía llamar para que la sacara de aquel atolladero? No había embajadas extranjeras en Puglia y, aunque sí tenía el número de la embajada en Roma y el consulado de Bari, no le servían de nada porque no tenía ni idea de dónde estaba. Había pasado por algún pueblo pequeño e incluso alguna casa aislada desde que se marchó de Alberobello, pero no tenía ni idea de cuánto tendría que andar antes de llegar al lugar habitado más cercano. Además, tendría que llevarse su equipaje, que pesaba una tonelada. El sur de Italia tenía una reputación más que merecida en lo que se refería a robos. El hombre que le entregó su coche le había dicho que no dejara ningún objeto de valor a la vista en el coche y que no dejara el vehículo en un lugar oscuro o escondido, además de aconsejarla que no caminara sola de noche. Los ladrones podían distinguir a un turista inmediatamente.

Suspiró. Decidió que no iba a dejarse llevar por el pánico. Almorzaría y luego empezaría a desandar el camino. Era lo único que podía hacer. Podían pasar horas, incluso días, antes de que alguien pasara por aquella carretera. Además, le aterraba el hecho de quedarse en el coche y que se hiciera de noche. Había visto demasiadas películas de terror como para hacer algo así.

Estaba aún sentada en el muro comiéndose su pastel cuando oyó el sonido de un vehículo. Entornó los ojos y miró hacia la distancia. El corazón comenzó a latirle con fuerza en el pecho. Primero vio una polvareda. Decidió que el conductor se iba a llevar una buena sorpresa con el bloqueo de la carretera que ella, sin querer, había causado. No obstante, un agricultor de mediana edad sería preferible a uno de los innumerables donjuanes que se había encontrado desde su llegada a Italia y que, evidentemente, consideraban que una chica inglesa que viajaba sola era una presa fácil. No le ayudaba mucho el hecho de que pareciera mucho más joven que sus veinticinco años. Era bastante menuda y delgada, por lo que tenía que resignarse a que siempre le echaran diecisiete o dieciocho años. Liam había bromeado constantemente al respecto, sobre todo cuando a Cherry le pedían identificación en las discotecas.

Vio por fin que se trataba de un coche, un Ferrari azul oscuro que se dirigía a toda velocidad hacia ella. Decididamente uno de los ligones locales, que sin duda creería que le estaba haciendo un gran favor al iluminar su triste existencia ofreciéndole que se acostara con él, tal y como ya le había ocurrido un par de días atrás.

Se bajó del muro y se sacudió las migas de pastel que tenía sobre la camiseta. Entonces, se acercó a su coche y esperó a que llegara el Ferrari. Los cristales tintados hacían que resultara difícil ver el rostro del conductor, por lo que Cherry se armó de valor cuando vio que se abría la puerta. Una cosa era tratar con los insistentes italianos en las calles de una concurrida ciudad y otra muy distinta en medio de una carretera solitaria sin nadie a la vista. Durante un segundo, todas las historias que había escuchado sobre mujeres que habían sido violadas y asesinadas mientras hacían turismo por el extranjero le cruzaron el pensamiento.

El hombre que salió del Ferrari no era un chico joven. Lo primero que le llamó la atención a Cherry fue su altura, al menos de metro ochenta. Tenía los hombros anchos y fuertes y un hermoso rostro moreno que portaba las líneas de la experiencia grabadas sobre la piel. El hombre dijo algo en italiano. Cherry tan solo comprendió la palabra «*signorina*» que escuchó al final de la frase.

–Lo siento. No hablo italiano –dijo.

–¿Es usted inglesa? –le preguntó él.

Antes de que él hablara, a Cherry le pareció que suspiraba. Había pronunciado aquellas palabras con un cierto aire de resignación. No añadió nada parecido a «otra estúpida turista», pero le faltó poco. Cherry sintió que la ira se despertaba en ella y asintió con un gesto brusco.

–Bien. ¿Qué problema tiene, *signorina*? –añadió, sin quitarse las oscuras gafas de sol.

–Mi coche se ha averiado –respondió Cherry con una fría sonrisa.

–¿Adónde se dirige?

–No lo sé. Simplemente estaba explorando la zona. No me dirigía a ningún lugar concreto.

–¿Y dónde se aloja?

–He estado alojándome en Lecce, pero decidí ir a la costa durante un tiempo para conocer la zona.

–Pues no está en una carretera costera, *signorina*.
–Lo sé –le espetó ella–. Alguien me habló de los castillos medievales de Puglia y en particular del Castel del Monte. Iba en esa dirección, pero quería ver el campo.
–Entiendo. Y ahora está usted bloqueando mi carretera.
–¿Su carretera?
–Sí –replicó él–. Está usted en mi finca, *signorina*. ¿Acaso no vio un cartel hace unos kilómetros que le advertía que estaba usted en una finca particular?
–No vi valla alguna.
–No tenemos necesidad de vallas. En Italia respetamos la propiedad privada de los demás.
–Ay, pues lo siento –replicó ella secamente–. Le puedo asegurar que, si hubiera sabido que estas son sus tierras, no habría puesto el pie en ellas –añadió. Las palabras eran una disculpa, pero el tono de su voz distaba mucho de estar pidiendo perdón.

El hombre sonrió ligeramente y dio un paso hacia ella.

–Bien. Veamos si podemos persuadir a su coche de que continúe su viaje. ¿Las llaves?
–Están en el contacto.

Cherry rezó en silencio para que el coche arrancara a la primera y no la dejara así mucho más en ridículo.

Después de un instante, resultó más que evidente que el coche no iba a arrancar.

El desconocido se bajó del coche con la gracia natural de todos los hombres italianos y dijo:

–¿Cuándo fue la última vez que repostó usted gasolina?

Ahí sí que no la iba a pillar. Cherry no era tan estúpida como para haberse quedado sin gasolina.

–Hoy mismo –respondió con gesto triunfante–. Antes de marcharme de Alberobello. Tengo el depósito lleno.

–Y después de llenar el depósito, ¿se marchó de la ciudad inmediatamente?

Cherry lo miró fijamente. No sabía adónde quería él ir a parar.

–No. Después de llenar el depósito me fui a ver un poco la ciudad.

–¿A pie, *signorina*?

–Sí, a pie.

Él estaba mucho más cerca de Cherry y su masculinidad le resultaba a ella más intimidante. Los esculpidos pómulos de aquel hermoso rostro, el espeso y oscuro cabello y las caras ropas que llevaba puestas contribuían a darle una arrogancia propia de un depredador que a ella le resultaba inquietante.

–Creo que, posiblemente, usted haya sido víctima de... ¿Cómo se dice en inglés? De los engaños que prevalecen en pueblos y ciudades. Un depósito lleno se roba.

–¿Se roba?

–Sí, *signorina*. Resulta fácil hacer un pequeño agujero en el depósito de la gasolina y sacar todo el combustible. Es un inconveniente.

Cherry lo miró con desaprobación, como si él mismo hubiera cometido aquel delito.

–Entonces, en Italia, ese respeto por la propiedad ajena del que usted hablaba no se extiende a los coches, señor...

—Carella. Vittorio Carella –replicó él, con una sonrisa. Aparentemente, no le había molestado el sarcasmo de Cherry–. ¿Y su nombre es, *signorina*?
—Cherry Gibbs.
—¿Cherry?
Él frunció ligeramente el ceño, lo que provocó que Cherry se preguntara de qué color serían sus ojos tras las gafas oscuras. Suponía que castaños. O negros como la noche.
—¿Como la fruta?
—Sí. Aparentemente, mi madre tenía antojos de cerezas constantemente cuando estaba embarazada de mí y, por lo tanto...
—Veo que no le gusta su nombre. A mí me parece encantador.

Cuando se quitó las gafas, Cherry comprobó que se había equivocado en cuanto al color de sus ojos. Eran grises. De un gris profundo, ahumado, enmarcado por espesas pestañas que podrían haber resultado femeninas en un rostro menos masculino. Sin embargo, a él le daban un aspecto completamente hipnótico.

—Bien, Cherry. Creo que hemos establecido que su coche no va a ir a ninguna parte por el momento. ¿Puedo llamar a alguien para que venga a recogerla? ¿Sus padres, tal vez?

—No he venido con nadie –dijo ella. Inmediatamente, deseó haberse mordido la lengua.

Los hermosos ojos se entornaron.

—¿No? –preguntó. Evidentemente estaba escandalizado–. Es usted un poco joven para estar sola en el extranjero.

Lo mismo de siempre. Evidentemente, Vittorio Carella pensaba que era más joven de lo que ella era realmente.

–Tengo veinticinco años –replicó ella–. Edad más que suficiente para ir donde quiera y cuando quiera.

–Evidentemente, tiene buenos genes. A mi abuela le ocurre lo mismo –dijo él–. ¿Tiene el número de la empresa de alquiler de coches?

Cherry asintió. Estaba en su bolso, con su pasaporte y el resto de los papeles. Tardó un minuto en sacarlo, a pesar de que se sentía muy torpe con aquellos ojos grises observándola. El número estaba ocupado.

–No importa –anunció él–. Puede volver a intentarlo desde la casa. ¿Qué necesita llevarse?

–¿La casa?

–Sí. Mi casa. No se puede quedar aquí.

Cherry no iba a ir a ninguna parte con él.

–Mire, siento estar bloqueándole su carretera, pero cuando consiga hablar con la empresa de coches de alquiler, me enviarán a alguien para recoger el coche y me darán otro nuevo. ¿Puede... pasar usted de algún otro modo?

–Podrían pasar horas antes de que alguien viniera a buscarla, Cherry. Tal vez no tengan otro vehículo disponible. Todo podría demorarse hasta mañana. ¿Tiene la intención de pasar la noche en el coche?

Cherry prefería eso antes de pasar la noche en su casa.

–Ni siquiera se me ocurriría imponerle mi presencia –dijo ella secamente–. Estoy segura de que puedo encontrar un pequeño hotel o pensión en algún lugar cercano.

–Podría ser un camino largo y caluroso, para terminar no encontrando nada –repuso él tras observar la abultada maleta y el enorme bolso que ella llevaba colgado del hombro–. No le recomendaría ponerse innecesariamente en una posición tan vulnerable cuando no tiene por qué.

Lo de no tener por qué era relativo. El modo en el que él pronunciaba el nombre de Cherry, con aquel delicioso acento, y el hecho de que él fuera fácilmente el hombre más atractivo que ella hubiera visto en toda su vida le resultaba profundamente turbador. Era rídiculo, pero cuanto antes estuviera lejos de Vittorio Carella, mejor.

Por otro lado, la maleta pesaba una tonelada y el sol lucía con fuerza. Además, estaría a merced de cualquier hombre con el que se pudiera encontrar.

–Volveré a llamar –dijo. Seguía comunicando. Vio que Vittorio se había apoyado contra el coche, con los brazos cruzados–. Tal vez podría aprovecharme de su hospitalidad durante un par de horas como máximo mientras soluciono las cosas.

–Por supuesto.

En cuestión de segundos, Vittorio trasladó todo el equipaje de Cherry al Ferrari, cerró con llave el Fiat y abrió la puerta del copiloto para que ella pudiera montarse en el vehículo.

Consciente de que tal vez se estaba montando en un Ferrari por primera y última vez en su vida, Cherry se acomodó en el asiento de suave cuero. Era un vehículo magnífico. Como el dueño.

Cuando él se metió en el coche, Cherry sintió que los sentidos se le aceleraban. El musculado cuerpo era grande. El aroma que emanaba de la piel de Vittorio era pura seducción. El Rolex de oro sugería riqueza y autoridad. Cherry no se había sentido nunca tan fuera de lugar. Era una sensación muy incómoda.

–¿Bien? –le preguntó él mientras arrancaba el vehículo.

El Ferrari avanzaba a toda velocidad por la carretera. Cherry veía cómo las paredes de piedras pasaban a toda velocidad junto a ella, por lo que rezó para poder llegar al día siguiente. Vittorio Carella era un loco. Tenía que serlo. ¿Acaso sería piloto de carreras? No. Tenía que ser un loco.

Minutos después, Cherry cambió de opinión. Vittorio Carella no era un loco, sino el mejor conductor que ella había conocido nunca. Conducía el Ferrari con increíble habilidad.

–¿Le... le gusta conducir?

–Sí. Es uno de los placeres de la vida.

Justo entonces, Cherry vio una increíble casa en la distancia. Construida en piedra, sus blancas padres relucían bajo el sol de la tarde. Los balcones estaban adornados con buganvillas y parecían observar los olivares que los rodeaban con somnoliento interés. Varios pinos ejercían como centinelas a ambos lados de la enorme casa de campo.

–Casa Carella –dijo Vittorio–. Uno de mis antepasados construyó la casa principal en el siglo XVII. Sus descendientes fueron añadiendo partes.

–Es muy bonita.

Vittorio detuvo el Ferrari y se volvió para mirarla con una sonrisa en los labios.

–*Grazie*. A mí también me parece que mi casa es

muy hermosa. De hecho, jamás he deseado vivir en otra parte.

−¿Siguen cultivando los olivos? −le preguntó ella por decir algo. El modo en el que aquella sonrisa había suavizado el duro rostro de Vittorio la había afectado profundamente.

−Por supuesto. La producción de aceite de oliva es una de las industrias más antiguas de Puglia y la finca de los Carella no tiene competidor. Con los métodos que se requieren para cosechar y producir el aceite de oliva es imposible convertir la elaboración en una industria muy técnica. Se puede utilizar la maquinaria moderna, pero suelen ser las familias de agricultores las que se ocupan de sus propios terrenos y producen su propio aceite de oliva en vez de dejarlo en manos de los grandes conglomerados. Eso me gusta. No obstante, mi bisabuelo fue principalmente un hombre de negocios e invirtió gran parte de la riqueza de los Carella aquí para asegurarse de que no solo dependiéramos de los olivos. Era un pionero. ¿Es así como se dice?

Cherry asintió. Es decir, Vittorio Carella era un hombre muy rico.

−Era, según tengo entendido, un hombre muy duro, pero su inflexibilidad dejó garantizado un estilo de vida privilegiado para las generaciones futuras.

−¿Y usted creer que la inflexibilidad y la dureza son rasgos buenos?

Los ojos grises de Vittorio se cruzaron con los azules de Cherry.

−En ocasiones, sí.

Con eso, abrió la puerta del coche, bajó y se dispuso a ayudarla a ella a que saliera.

–Estoy seguro de que querrá refrescarse un poco –dijo él, muy formalmente. Esto le recordó a Cherry lo desaliñada que debía de estar–. Una de las doncellas le acompañará a una habitación de invitados y yo tendré un tentempié esperando para cuando usted esté lista.

La puerta de la casa se había abierto mientras él hablaba. Una criada uniformada estaba esperando en el umbral.

–Ah, Rosa –dijo él mientras animaba a Cherry a que subiera delante de él–. ¿Harías el favor de llevarte a la *signorina* a una de las habitaciones de invitados y de asegurarte de que tiene todo lo que necesita? Tal vez quiera que yo me ocupe de llamar a la empresa de alquiler de coches en su nombre –le comentó a una sorprendida Cherry, que estaba tratando de no quedarse boquiabierta al ver el palaciego interior de la casa.

Incapaz de articular palabra, siguió a la criada escaleras arriba hasta el primer rellano. Allí, tras avanzar unos metros por el pasillo, la joven abrió una puerta para que Cherry pudiera pasar.

–Le ruego que llame si necesita algo, *signorina* –dijo la criada en inglés mientras entraba detrás de ella y abría la puerta del cuarto de baño privado de aquella estancia.

Tras indicarle dónde estaban las toallas y los productos de aseo, se marchó.

–¡Vaya! –susurró Cherry.

El color crema de las paredes hacía destacar más aún si cabe el estallido de color que provenía de las ventanas y que daban a un balcón adornado con buganvillas rojas y blancas, además de una mesa para dos. Si aquella era una de las habitaciones de invitados, Cherry no quería ni imaginarse cómo sería el resto de la casa. No se había equivocado. Vittorio Carella debía de estar absolutamente forrado.

Salió al balcón y vio que daba a un enorme jardín repleto de árboles tropicales y arbustos llenos de flores. Este quedaba separado del olivar mediante un antiguo muro de piedra. Una piscina enorme relucía bajo el brillante cielo azul y un poco más allá un huerto albergaba en armonía naranjos, albaricoqueros, almendros e higueras. Cherry jamás había visto nada parecido.

Mientras volvía a entrar en la habitación, decidió que Vittorio Carella no era un olivarero corriente.

De repente, se dio cuenta de que debería haber estado aseándose en vez de perderse en tantas contemplaciones. Se dirigió rápidamente al maravilloso cuarto de baño. Un enorme espejo le mostró lo desaseada que estaba. No era de extrañar que él hubiera pensado que ella solo era una niña jugando a ser adulta. Necesitaba recomponerse urgentemente.

El cuarto de baño contaba con todo lo necesario para el aseo personal, incluso cosméticos, perfumes y demás para hombre y mujer que aún estaban en sus envoltorios. Evidentemente, Vittorio Carella se ocupaba de todas las necesidades de sus invitados. Sin embargo, ella no lo era, al menos en el sentido tradicional de la palabra.

Se colocó delante del espejo y, después de lavarse el rostro y de cepillarse el cabello hasta que le brilló como la seda, abrió un tubo de rímel y una caja de sombra para ojos. Afortunadamente, tenía maquillaje a su disposición. Había entrado en aquella casa como si fuera una muchachilla perdida y desaliñada, pero se marcharía de allí como una mujer hecha y derecha.

Capítulo 2

CUANDO Cherry abrió la puerta del dormitorio para bajar, vio que la criada estaba esperándola al final del rellano. Cherry sonrió.

–Ah, *signorina*. Si es tan amable de acompañarme... El *signor* está esperando.

Cherry asintió y la siguió escaleras abajo. Después de atravesar el vestíbulo, la criada llamó a una puerta, la abrió y se hizo a un lado para que Cherry pudiera pasar. El salón era aún más hermoso de lo que ella había imaginado. Techos altos, suelos de madera cubiertos con gruesas alfombras, elegantes muebles y carísimas cortinas acompañados de exquisitos cuadros que colgaban de la pared. Los enormes ventanales daban al jardín. En el patio, una fuente tintineaba bajo el tórrido calor de la tarde.

Sin embargo, todo esto solo ocupaba la parte exterior del pensamiento de Cherry. Todos sus sentidos estaban prendados del hombre que acababa de levantarse de un sillón y que le decía:

–Ven a sentarte y a tomar algo. ¿Quieres café o tal vez una bebida fría? ¿Zumo de naranja? ¿De piña? ¿De mango?

–Un café, por favor –dijo ella mientras tomaba asiento en un sillón frente al que ocupaba Vittorio.

Sobre la mesa de café, había una amplia selección de pasteles y tartas. El aroma del *espresso* que él estaba tomando era muy fuerte. Vittorio iba ataviado con unos amplios pantalones, una camisa de algodón gris que le sentaban tan bien que garantizaban que el corazón de cualquier mujer se aceleraría solo con verlo.

Vittorio no se sentó hasta que ella no hubo tomado asiento. Entonces, le sirvió un café y le indicó la leche, la crema y el azúcar.

–Sírvete.

–Gracias. Lo tomo solo.

–Es la mejor manera –dijo él con una sonrisa.

Los latidos del corazón de Cherry, que acababan de volver a la normalidad, volvieron a acelerarse. Cuando observó las delicias que adornaban la mesa, descubrió que tenía mucha hambre. Tomó uno de los pastelillos y suspiró. Debía de ser maravilloso disfrutar de una vida tan privilegiada, libre de las preocupaciones y de los problemas que afectan a la mayoría de la gente. Vittorio Carella solo tenía que mover un dedo para que se cumplieran todos sus deseos.

–He hablado con la empresa de vehículos de alquiler mientras estabas arriba, pero no podrán enviar otro coche hasta dentro de veinticuatro horas.

Cherry estuvo a punto de atragantarse con el pastel.

–¿Veinticuatro horas?

–No es demasiado tiempo, a menos que tengas una cita urgente.

–No, pero... no puedo seguir abusando de tu hospitalidad –dijo, sin saber cómo decir más directamente que no tenía intención de quedarse en aquella casa durante veinticuatro horas.

–Ni lo menciones. Eres más que bienvenida aquí. Siento mucho que hayas tenido una experiencia tan mala mientras que visitas mi hermoso país. Déjame que te compense ofreciéndote la seguridad de mi casa hasta que llegue el coche nuevo.

¿Cómo podía negarse Cherry a tal ofrecimiento?

Al final no tuvo que decir nada porque la puerta del salón se abrió. Los dos se volvieron al mismo tiempo para ver entrar a una voluptuosa joven, que permaneció en el umbral observándolos con las manos en las caderas y echando fuego por los ojos. Cherry no necesitó entender italiano para comprender que se estaba produciendo una discusión. Por alguna razón, la muchacha estaba furiosa con Vittorio y no tenía miedo de decírselo a pesar del enojo que él mostraba.

Él le respondió algo en italiano, que detuvo el intercambio de palabras, pero no impidió que la muchacha siguiera observándolo con enfado.

–Ruego que nos disculpes –le dijo él a Cherry–. Mi hermana no suele tener tan malos modales. Dejadme que os presente. Cherry, esta es mi hermana Sophia. Sophia, te presento a Cherry, una invitada de Inglaterra que se merece más cortesía de la que le has mostrado.

Cherry vio que la hermana de Vittorio estaba luchando por controlarse. A pesar de todo, dio un paso al frente y forzó una sonrisa mientras extendía la mano y decía:

–Lo siento. No sabía que había nadie con Vittorio o que estábamos esperando un invitado.

Cherry le devolvió la sonrisa.

–No me estabais esperando –dijo mientras estrechaba la mano de la joven–. Me temo que me metí en vuestra finca por error y que mi coche se estropeó, por lo que debería ser yo la que se disculpe por entrometerme.

Unos intensos ojos verdes, que adornaban un rostro muy hermoso, observaron a Cherry durante un instante. Entonces, Sophia sonrió.

–No, soy yo la que debe disculparse –insistió–. Te aseguro que eres más que bienvenida, Cherry de Inglaterra. ¿Dónde está tu coche? –añadió–. No lo he visto.

–Está en algún lugar de por ahí –respondió Cherry mientras señalaba vagamente en dirección a la carretera–. Me temo que está bloqueando la carretera. Aparentemente, me vaciaron el depósito en la última ciudad en la que me detuve.

–Te aseguro que no importa, Cherry. Tenemos más de una entrada a la finca –le explicó Sophia–. ¿Te vas a quedar a cenar?

–Cherry se va a quedar a pasar la noche hasta que la empresa de coches de alquiler pueda entregarle un vehículo nuevo –dijo Vittorio con frialdad.

–En ese caso, te veré más tarde. Me marcho a mi dormitorio a descansar –replicó Sophia. Con eso, se dio la vuelta. El largo cabello, que le llegaba hasta la cintura, le caía como una cortina negra sobre la espalda

Cherry tomó su taza de café. No sabía qué decir. Evidentemente, ambos hermanos habían discutido por algo.

–Tu hermana es muy hermosa –comentó Cherry, con la intención de aliviar el cargado ambiente.

—Y muy independiente –rugió él. Entonces, se mesó el cabello con una mano–. *Scusi*. Ahora soy yo el que tiene malos modales, ¿verdad? Pero es que Sophia pone a prueba mi paciencia.

Cherry tenía la sensación de que la paciencia no era uno de los mejores atributos de Vittorio. Se notaba que era un hombre que estaba acostumbrada a hacer que la gente bailara al son que él tocara sin cuestionarle, lo que provocó que Cherry se pusiera inmediatamente del lado de su hermana.

—No creo que, necesariamente, sea malo que una mujer sea fuerte e independiente. Después de todo, estamos viviendo en el siglo XXI.

—¿Cuántos años crees que tiene mi hermana?

—No sé... ¿Mi edad? ¿Unos veinticinco años?

—Sophia cumplirá diecisiete en su próximo cumpleaños, que es dentro de cuatro meses. Aunque tiene el cuerpo de una mujer madura, te aseguro que tiene la mentalidad de una niña de dieciséis, una niña obstinada y despreocupada de dieciséis años. Nuestros padres murieron cuando ella era aún muy pequeña y yo soy su tutor desde entonces. Sin embargo, a lo largo de los últimos años ha sido una batalla. Hay un muchacho –admitió–. Ella se ha estado viendo con él en secreto cuando se suponía que estaba con sus amigas.

—Eso es algo natural a su edad.

—Sophia es una Carella –replicó él–. Sabe que no habrá chicos hasta que cumpla los dieciocho años y que entonces tendrá que ir acompañada. Hacer algo así es imperdonable.

Cherry lo miró incrédula.

—Eso es ridículo.

—Tal vez lo sea en Inglaterra, pero no en Italia ni entre las chicas de buena familia. Va a un colegio muy exclusivo, en el que se supervisa a las chicas en todo momento. Cuando cumpla los dieciocho años, cualquier pretendiente tendrá que dirigirse a mí primero. Es para su protección. Ahora, dado que no puedo confiar en ella, mi ama de llaves tendrá que acompañarla cada vez que salga de casa. Es un gran inconveniente.

—¿Y ella? ¿Y Sophia? —le preguntó Cherry, completamente indignada—. Si tiene que ir a ver a sus amigos acompañada del ama de llaves, debe de estar sintiéndose muy avergonzada. Me parece algo cruel.

Vittorio le dedicó una terrible mirada de desaprobación. No obstante, se contuvo perfectamente.

—Eres una invitada en mi casa, *signorina*. No debo apesadumbrarte con mis problemas. Ahora, si me perdonas, tengo algunos asuntos de los que ocuparme. Te ruego que te sientas como en tu casa y que pidas todo lo que desees. La piscina y el jardín están a tu disposición, por supuesto. La cena se sirve a las siete en punto.

Se marchó del salón antes de que Cherry pudiera responder. ¡Qué hombre más arrogante, horrible y machista! ¡Y pobre Sophia! Las mejillas de Cherry ardían de furia. Vittorio tenía presa a su hermana en una jaula, aunque esta fuera de oro. Se comportaba como si estuviera viviendo doscientos o trescientos años atrás, cuando las mujeres no tenían ni derechos ni voz propia.

Después de permanecer allí sentada un rato, terminándose su café y saboreando tres deliciosos pastelillos más, decidió que le apetecía mucho salir al patio, a pesar del calor. Un baño en la magnífica piscina sería una delicia.

Se marchó del salón y consiguió regresar a su dormitorio. Allí, se puso un sencillo bañador negro. También tenía dos biquinis, pero los dos eran bastante escasos de tela. Por alguna razón, el hecho de aparecer medio desnuda en la casa de Vittorio, le parecía impensable. Completó su atuendo con un pareo de colores. Cuando tuvo las piernas tapadas, se sintió mucho mejor.

Cuando estuvo preparada, se sentó en la cama y miró a su alrededor. Se sentía un poco culpable por el modo en el que se había comportado. Vittorio había sido muy amable al ofrecerle refugio y creía que no le había dado las gracias ni una sola vez por ello. Además, no era propio de ella mostrarse tan antagónica. De hecho, Cherry era más bien lo contrario.

El hecho de que Vittorio fuera tan arrogante, tan seguro de sí mismo y tan masculino, no excusaba su ingratitud. Tendría que disculparse y darle las gracias adecuadamente cuando volviera a verlo. Tal vez aquella noche durante la cena. Al día siguiente, cuando por fin llegara su coche de sustitución, le daría de nuevo las gracias por su hospitalidad e interpondría tantos kilómetros entre ellos como le fuera posible.

Tras ponerse unas chanclas, salió de su dormitorio y se dirigió a la planta de abajo. Una vez allí, miró a su alrededor, mientras se preguntaba por dónde se iba a la piscina. Entonces, se abrió una puerta en el vestíbulo y salió una mujer de aspecto severo, cabello canoso y completamente vestida de negro.

Al verla, la mujer se dirigió a Cherry con una cortés sonrisa en su severo rostro.

–*Signorina,* ¿puedo ayudarla en algo? ¿Necesita algo?

–El señor Carella me dijo que podía utilizar la piscina –dijo Cherry. No sabía si el ama de llaves conocía sus circunstancias–. Voy a pasar la noche aquí. Mi coche...

–Sí, sí, *signorina* –repuso la mujer con una ligera impaciencia–. Lo sé. El *signore* me ha informado de su situación. ¿Tiene todo lo que necesita en su dormitorio?

–Sí, gracias –replicó Cherry. De repente, se compadeció mucho de la pobre Sophia por tener que ir siempre con aquella mujer.

–Si quiere acompañarme, *signorina*...

Sin más, la mujer se dio la vuelta y se dirigió a una puerta que conducía a una soleada estancia que daba también al jardín. Allí, abrió un armario y sacó dos enormes y esponjosas toallas de playa, que entregó a Cherry.

–La piscina, ¿verdad? –añadió. Entonces, señaló hacia las puertas que daban al jardín–. Dentro de un rato, le enviaré a Gilda o a Rosa con algo fresco para beber.

–Le ruego que no se tome ninguna molestia en mi nombre. Estoy bien, de verdad.

–No es molestia alguna, *signorina*.

El duro rostro no se había suavizado ni un ápice. Cherry se sintió como si volviera a tener cinco años y una profesora le estuviera regañando por algo malo que había hecho. No obstante, le dio las gracias de nuevo al ama de llaves y salió al jardín.

La calidad de la luz y la intensidad del color que

había notado desde que llegó a Italia, parecían incluso más intensos en aquel jardín. Respiró profundamente el perfumado aire. La piscina era enorme y contaba con una zona pavimentada sobre la que había varias hamacas, tumbonas y sofás de jardín organizados en torno a mesas de mármol, unos bajo sombrillas y otros aprovechando la sombra de los árboles. Otros quedaban a pleno sol. Era el lugar perfecto para echarse una siesta.

Dejó sus cosas en una hamaca que quedaba entre sol y sombra, se quitó el pareo y se dirigió a la piscina. Allí, se sumergió limpiamente en el agua. Entonces, cortó el agua con poderosas brazadas. Se sentía viva. Desde que era pequeña, siempre le había gustado mucho nadar. Era el único deporte en el que había destacado, al contrario de Angela, a la que se le daba bien todo.

Se sintió enojada consigo misma por haber dejado que la imagen de Angela se entrometiera en aquel instante de relax. Se dejó llevar por la sensación del agua fresca y del calor del sol. Realizó varios largos hasta que, diez minutos después, estaba completamente agotada. Entonces, salió de la piscina y se envolvió una de las toallas alrededor de la cintura. La otra la colocó sobre la hamaca. En aquel momento, Rosa apareció con una bandeja que contenía una jarra de zumo de frutas muy frío y un pequeño plato de pastas.

Después de dar las gracias a la doncella, se sirvió un vaso de zumo y se comió unas pastas. Entonces, se tumbó en la hamaca con la intención de dormir un rato. Desgraciadamente, no pudo evitar revivir la última escena que había vivido con Angela y Liam. Todo había sido tan desagradable... Se sentó en la tumbona, enojada y disgustada al mismo tiempo por su debilidad. Todo había terminado. Había decidido que no volvería a aceptar a Liam ni aunque viniera envuelto en papel de regalo. Tenía que dejar de vivir en el pasado. No merecía la pena.

–Cherry –le dijo una voz femenina sacándole de aquel laberinto de pensamientos. Era Sophia. Ceñía su voluptuosa figura con un biquini de color morado–. ¿Te encuentras bien?

–Sí, sí, estoy bien –replicó Cherry con rapidez–. Estaba pensando. Eso es todo.

Sophia se sentó en una tumbona a su lado.

–¿Pensamientos desagradables?

–Podríamos decir eso.

–Perdóname. No quería husmear.

–No, no. No importa. Estaba enamorada de alguien y ese alguien me dejó por otra persona. Tan sencillo como eso.

–Jamás es sencillo.

–Tienes razón. Jamás lo es.

–¿Quieres hablar al respecto?

A Cherry le sorprendió mucho que, efectivamente, deseara hacerlo, seguramente porque, hasta aquel momento, no se había abierto con nadie.

–Yo trabajaba con Liam. Éramos buenos amigos y, luego, empezamos a salir juntos. Yo... yo pensé que era diferente a la mayoría de los hombres. Me pareció que podía confiar en él. Llevábamos juntos unos seis meses y las cosas iban bastante en serio. De hecho, habíamos empezado a hablar de compromiso. Yo pensé que lo mejor sería que lo llevara a la casa de mi madre y se lo presentara a mi familia.

–¿No lo habías hecho hasta entonces? –preguntó Sophia, muy sorprendida.

–No. Mi padre murió hace unos años y yo no me llevo bien con mi madre y mi hermana. Mi hermana vio a Liam y decidió que lo quería para ella. Un par de semanas más tarde, él me dijo que había estado viéndola las noches que no salía conmigo y que se había enamorado de ella.

–¿Tu hermana no te lo dijo?

–Ella vive en casa con mi madre. Yo vivo, vivía, en un estudio y no nos veíamos nunca. Angela es un año mayor que yo y fue siempre la más guapa, la más lista y la favorita de mi madre. Por alguna razón, incluso de niñas, siempre quería lo que yo tenía y mi madre insistía en que yo se lo diera. Regalos, ropa, lo que fuera. Incluso los amigos. Cuando me marché a estudiar a la universidad, me dije que no regresaría a mi casa.

–¿Te había hecho tu hermana esto antes? Con un chico, me refiero.

–Sí. Por eso no les presenté a Liam hasta que estuve segura de él. Evidentemente, fue un error.

–Yo no lo creo, Cherry. Evidentemente, ese Liam no era para ti. Un hombre que se comporta así no merece la pena. No tiene lo que hay que tener, ¿sabes? Tú te mereces algo mejor.

–Llegué a esa conclusión hace un tiempo. Tardé, pero un día en el trabajo lo miré y no me gustó lo que vi. Decidí que quería un cambio, un cambio de verdad. Por lo tanto, me despedí de mi trabajo, le dije a mi casera que me mudaba, saqué todos mis ahorros y decidí viajar un tiempo. Italia es mi primer destino, pero tengo la intención de visitar todo el Mediterráneo y luego, ¿quién sabe? Mi madre me dijo que estaba teniendo una pataleta cuando la llamé para decirle lo que tenía intención de hacer. Dijo que era una ridícula y una impetuosa y que no la llamara si me metía en líos. Por supuesto, yo nunca lo habría hecho.

—No parecen buenas personas —dijo Sophia.

—No lo son. Mi padre, por el contrario, era un amor. Al menos, siempre tuve un aliado en él cuando era una niña. Era más que un padre. Era también mi mejor amigo.

—Un hogar dividido... eso no es bueno. Debió de ser muy doloroso para ti.

—Admito que no tuve una infancia muy feliz, pero sí mejor que la de otros. Algunos niños no tienen a nadie.

Sophia asintió.

—Yo tan solo tengo vagos recuerdos de mis padres, aunque sí tengo las películas... ¿Se dice así? En ellas salimos todos antes del accidente.

—Vídeos domésticos.

—Eso. Vittorio nació un año después de que mis padres se casaran, pero no venían más *bambini*. Mi *mamma*... Perdona, mi madre estaba muy triste. Consultaron con muchos médicos. Entonces, cuando habían perdido toda esperanza, nací yo el día en el que Vittorio cumplía veintiún años. Vittorio me ha dicho siempre que la fiesta duró varios días y que todo el mundo estaba muy contento. Que nunca tuvo otro regalo que pudiera superarme a mí.

—Lo comprendo...

—Entonces, ocurrió el accidente de coche. Yo solo tenía seis años. Vittorio estaba a punto de casarse. Caterina, su prometida, no quería venir a vivir aquí así que Vittorio le regaló la casa que había comprado para ellos en Matera y, después de un tiempo, Caterina se casó con otro hombre. No me cae bien.

–¿Significa eso que sigues viendo a Caterina?

–Sí. Se casó con uno de los amigos de Vittorio. Lorenzo es un hombre muy agradable. No se merece tener como esposa a una mujer como ella.

–¿Y a Vittorio no le importó que se casara con un amigo suyo?

–No lo sé. Sé que se pelearon porque Vittorio no quería que mi abuela se ocupara de criarme. Él sabía que mis padres habrían querido que yo siguiera viviendo aquí, bajo la protección de mi hermano.

–Debe de quererte mucho –comentó Cherry. Le sorprendía aquella faceta de la personalidad de Vittorio, que no encajaba con la imagen que ella se había hecho de él.

–Sí. Yo también lo quiero mucho a él, aunque es el más... Hace que me sienta furiosa –dijo, tras decir una larga retahíla de palabras en italiano, de las que Cherry no entendió nada–. Cree que sigo siendo una niña, pero no lo soy. No quiero hacer lo que él quiere que haga.

–¿Y qué es lo que quieres hacer tú?

–Yo quiero estar con Santo. Quiero ser su esposa, pero Santo es pobre, al menos comparado con nosotros y con las familias de las chicas de mi colegio. Su familia tiene un pequeño viñedo que linda con nuestra finca y una casa preciosa. Producen un buen vino tinto, pero Vittorio nos ha prohibido que nos veamos.

–Tal vez crea que eres demasiado joven para pensar en casarte –comentó Cherry. En realidad, ella estaba de acuerdo con Vittorio en aquel punto. Después de todo, Sophia solo tenía dieciséis años.

–Conozco a Santo de toda la vida y sé que no habrá nadie más para ninguno de los dos. Él no es un muchacho. Va a cumplir diecinueve años este verano. Es un hombre ya, y de los buenos. Yo sería capaz de escaparme para casarme con él, pero Santo no quiere ni oír hablar de eso –comentó, entre sollozos–. Cuando me marche a la escuela superior, no lo veré en mucho tiempo y no puedo soportarlo. Preferiría matarme.

–Sophia –dijo Cherry. Se levantó de su hamaca y se arrodilló frente a la muchacha–. Si os queréis tanto como decís, todo saldrá bien. Sé que estas palabras no te sirven de mucho consuelo ahora, pero seguís siendo muy jóvenes.

–Yo no me siento joven. Creo que nunca me he sentido tan joven como lo son mis amigas. Siempre me he sentido diferente. Y sé lo que quiero, Cherry. Quiero casarme con Santo y tener hijos con él. Es lo que siempre he querido. Para mí no cuenta otra cosa.

–En ese caso, te aseguro que ocurrirá –afirmó Cherry mientras le agarraba una mano y se la apretaba con fuerza–. Cuando llegue el momento. Él te esperará si es el hombre adecuado para ti.

Estuvieron hablando un rato más. Cherry le contó a Sophia que ella había estado trabajando en marketing, pero que estaba considerando cambiar de profesión cuando regresara a Inglaterra.

–Yo estudié Empresariales, pero me parecen más interesantes los servicios sociales. No estoy segura. El tiempo lo dirá. Por ahora, solo pienso en los meses que me quedan para seguir viajando.

Sophia asintió, pero evidentemente no le interesaba hablar de trabajo. Empezó a contarle a Cherry lo maravilloso que era Santo.

–Jamás ha mirado a otra chica. Lo sé –dijo apasionadamente–. Yo jamás podría amar a otro hombre. Es una tontería hacernos esperar. Se lo digo constantemente a Vittorio, pero no quiere escucharme. Tiene el corazón de hielo, no de fuego.

Después de un rato, las dos se acomodaron para tomar una siesta a la sombra de los árboles. Cherry no se podía creer que le hubiera hablado a una mujer casi desconocida de Liam y Angela, aunque tal vez le había resultado tan fácil precisamente porque Sophia era una desconocida. Ese hecho y también el de verse en un ambiente tan hermoso y tan maravilloso.

Mientras el sueño comenzaba a apoderarse de ella, pensó que parecía que lo hubiera dejado todo atrás. Era como si se hubiera transportado a otra dimensión, una dimensión en la que reinaba un señor autocrático y misterioso con el corazón de piedra.

Capítulo 3

CUANDO Cherry se despertó, fue como si un sexto sentido le estuviera alertando de un peligro. Los ojos se le abrieron inmediatamente a pesar de estar sumida en un sueño profundo. Al levantar la cabeza, se encontró de frente con los ojos grisáceos que habían aparecido también en un sueño que no recordaba, pero que, según intuía, había sido profundamente turbador.

–La Bella Durmiente –dijo Vittorio con voz suave y profunda–. Esto es un cuento de hadas, ¿verdad?

Podría serlo, pero en ningún cuento había aparecido jamás un príncipe vestido con un bañador. De hecho, Cherry no creía que el cuerpo del Príncipe Azul pudiera competir con el del hombre que estaba frente a ella. La flagrante masculinidad de Vittorio había sido más que evidente cuando él estaba completamente vestido, pero, en aquellos momentos, resultaba alarmante. Su torso, muy musculado, relucía como la seda. Resultaba evidente que acababa de salir de la piscina porque el vello oscuro de su torso brillaba con infinidad de minúsculas gotitas de agua. Ese vello se convertía después en una delgada línea que terminaba por desaparecer bajo el bañador. Tenía los muslos fuertes y poderosos. Su cuerpo era esbelto, felino y peligroso.

Cherry tragó saliva. Vittorio Carella tenía algo que le hacía sentirse completamente subyugada, muy femenina. A pesar de todo, hizo lo que se había prometido que haría en cuanto volviera a verlo.

–Debo disculparme por no haberte dado las gracias adecuadamente por haberme permitido que me aloje en tu casa. Normalmente no soy tan grosera.

Vittorio la miró durante un instante y luego se estiró en la tumbona que su hermana había utilizado anteriormente.

–¿Y por qué te has mostrado así hoy, Cherry?

–Seguramente porque empezamos con mal pie.

–¿Y por qué crees tú que empezamos con mal pie? Creo que sé la respuesta. Por alguna razón, no te caigo bien, ¿verdad?

Cherry sabía que él estaba disfrutando con la incomodidad que ella sentía y que estaba jugando con ella como el ratón con el gato. Por eso, no pudo contenerse.

–De hecho, tienes toda la razón

–Eres una mujer independiente. Creo. Fuerte y, sorprendentemente, no le das importancia a las cosas materiales.

–¿Sorprendentemente?

–He descubierto que a las mujeres modernas les empuja la avaricia en lo que se refiere a la búsqueda de un compañero del sexo opuesto.

–Eso es absolutamente ridículo –replicó ella, escandalizada.

–¿Tú crees? Te aseguro que no se trata de una crítica, Cherry. La mayoría de las madres quieren que sus hijas se casen bien y que lleven una vida de lujo. Es natural. Y la mayoría de las hijas están encantadas de dejar que su *mamma* las guíe en ese sentido. A lo largo de los años, he tenido una gran cantidad de esas hijas, presentadas ante mí por las madres esperanzadas, que probablemente sabían los euros que valgo. Y, por supuesto, ha habido otras mujeres que creyeron que querrían ser la señora Carella y llevar esta clase de vida. Algunas incluso me lo dijeron directamente.

–¿Me estás diciendo que las mujeres solo te quieren por tu dinero? –preguntó Cherry muy sorprendida. ¿Acaso Vittorio no se había mirado al espejo?

–No solo por el dinero –respondió Vittorio con una carcajada–. Si pueden elegir entre un viejo rico y un joven rico, la mayoría de las mujeres prefieren al joven, no tengo duda. A pesar de todo, la riqueza y la posición son unos afrodisíacos muy poderosos.

Cherry pensó que Vittorio se estaba haciendo a sí mismo, y seguramente a la mayoría de las mujeres de las que había hablado, una grave injusticia. Vittorio era el ejemplo claro del hombre que lo tenía todo y no dudaba de que a las mujeres les resultaría fácil enamorarse de él. El pensamiento le resultaba incómodo y, por ello, la voz le salió muy aguda cuando volvió a hablar.

–Algo me dice que te has estado mezclando con la clase equivocada de mujer. Tal vez sea más bien el caso de «el que a hierro mata, a hierro muere».

–Una interesante sugerencia. ¿Estás diciendo que tengo lo que me merezco, *signorina*?

–Mi padre siempre solía decir que el agua siempre

encuentra su cauce. Da la casualidad de que yo tengo muchas amigas a las que no les importa en absoluto la cuenta bancaria de un hombre y que valoran mucho la fidelidad y el compromiso.

–¿Y tú, Cherry? ¿Valoras tú mucho la fidelidad?

Durante un segundo, Cherry se preguntó si Sophia le habría contado lo de Liam y Angela, pero casi inmediatamente descartó esa ocurrencia. Los dos hermanos no estaban en aquellos momentos para confidencias.

–Para mí es algo que no tiene precio.

Vittorio entornó los ojos y se mesó el cabello húmedo con la mano. Entonces, cambió de tema con una sequedad que resultaba poco tranquilizadora.

–Vi a Sophia hablando contigo antes. Desde la ventana –dijo señalando la casa–. La conversación parecía... intensa.

–No tengo intención de repetir la conversación que tuve con tu hermana, señor Carella.

–Ni yo te lo estoy pidiendo, señorita Cherry Gibbs de Inglaterra. Ni por un momento. ¿Crees que soy demasiado duro con Sophia?

–Simplemente diría que considero el modo en el que tratas a tu hermana arcaico en el mejor de los casos y estúpido en el peor.

–¿Estúpido? –repitió él. Evidentemente, lo de arcaico le podía resultar permisible, pero lo de estúpido le había llegado muy dentro. Se sentó en la hamaca–. ¿Estúpido por qué? Explícate.

–Da la casualidad de que pienso que Sophia es mucho más madura emocionalmente de lo que tú pareces pensar. Efectivamente, sigue teniendo tan solo dieciséis años. Yo también he tenido esa edad y, si hay algo que es absolutamente cierto es que uno siempre hace lo que la generación anterior prohíbe. Puedes llamarlo rebeldía, reafirmación, lo que sea, pero es así. Y eso es lo que Sophia está haciendo.

–¿Santo?

–Sí, Santo. La estás empujando a los brazos de ese chico al tratar de mantenerlos separados.

Vittorio pareció considerar aquellas palabras.

–Sí, puede que tengas razón.

–Por supuesto que la tengo –replicó ella–. Es la historia de Romeo y Julieta.

–Una exageración, pero veo a lo que te refieres.

–Por supuesto, no es asunto mío –dijo Cherry secamente. Entonces, se levantó de la hamaca y se dirigió a la piscina–. Estoy segura de que un hombre que conoce tan bien al sexo femenino como evidentemente tú lo conoces sabe lo que está haciendo.

Cherry se zambulló en el agua antes de que Vittorio pudiera responder. Necesitaba poner espacio entre ellos. No le sirvió de nada. Cuando volvió a salir a la superficie, Vittorio estaba justamente al lado de ella. Los ojos grises le relucían bajo la ardiente luz del sol.

–¿Acaso crees que soy un seductor?

Cherry parpadeó y se apartó el cabello de los ojos. Se sentía más vulnerable de lo que le habría gustado.

–No tengo ni idea de lo que eres. No te conozco.

–Eso es cierto, pero no creo que eso te haya impedido formar una opinión –replicó él. Cuando ella empezó a nadar, él comenzó hacerlo también a su lado–. ¿Eres siempre tan rápido a la hora de hacer juicios erróneos?

—Ya te he dicho que no tengo opinión alguna sobre ti —observó Cherry aparentando una tranquilidad que distaba mucho de sentir—. Podrías tener a una mujer diferente cada día de la semana o vivir como un monje. Tú fuiste el que habló de todas esas hijas casaderas que se te ofrecían, ¿te acuerdas?

Habían llegado a la parte menos profunda de la piscina, donde había unos amplios escalones redondeados que se introducían suavemente en el agua. Cherry no sabía si salir o seguir nadando.

—Aquí está Margherita —dijo Vittorio de repente—. Me pareció que estaría bien tomar un cóctel al lado de la piscina antes de cenar.

¿De verdad esperaba que se sentara a su lado, medio desnuda, para beberse un cóctel con él? Lo peor de todo era que los bañadores que todos los hombres italianos parecían preferir no dejaban nada, absolutamente nada a la imaginación. El agua estaba fría, pero Cherry sentía mucho calor por todo el cuerpo.

Mientras Vittorio le ofrecía la mano para que saliera de la piscina, se preguntó si reaccionaría de modo diferente a tanta masculinidad si se hubiera acostado antes con un hombre. Al contrario que Angela, que se había acostado con varios hombres y que incluso había tenido dos y tres novios a la vez, Cherry siempre había determinado que esperaría al hombre de su vida para entregarse a él en cuerpo y alma. Con Liam no había llegado más allá. Presentarle a Angela había sido la prueba de fuego y él había fracasado estrepitosamente.

Al ver que no le quedaba más remedio que aceptar la mano de Vittorio, se puso de pie y dio gracias por haberse puesto aquel bañador tan discreto. Desgraciadamente, la tela mojada se le pegaba al cuerpo como si fuera una segunda piel, de un modo que un biquini no hubiera hecho nunca, y hacía resaltar cada curva y línea de su cuerpo. Al mirar a Vittorio, vio que él tenía en los ojos una mirada salvaje, que ocultó cerrando los párpados durante un instante.

Cherry se llevó tal sorpresa que se tropezó en los escalones y estuvo a punto de caerse. Si no hubiera sido porque le había dado la mano, lo habría hecho.

–Ven –dijo él, con voz tranquila y controlada mientras la sacaba del agua. Cuando Cherry estuvo a salvo sobre los azulejos que rodeaban la piscina, la soltó y se volvió a mirar al ama de llaves–. *Grazie,* Margherita –añadió mientras tomaba la bandeja que contenía los dos cócteles y unos pequeños boles con frutos secos y otros aperitivos–. ¿Sophia no va reunirse con nosotros?

El ama de llaves respondió en italiano. Fuera lo que fuera lo que dijera, provocó que Vittorio se encogiera de hombros.

–En ese caso, la veremos a la hora de cenar. Déjaselo bien claro. No voy a permitir que se quede enfurruñada en su habitación con la excusa de que no se encuentra bien. Hoy tenemos una invitada.

–Te ruego que no la obligues a bajar a cenar por mi culpa –dijo Cherry. Solo deseaba poder tomar un pareo y cubrirse. No se había sentido más avergonzada en toda su vida. ¿Cómo era posible que no se hubiera dado cuenta de lo indecentes que pueden resultar los bañadores cuando están mojados?

Vittorio no le hizo caso alguno.

–Déjaselo muy claro –le insistió a Margherita. Entonces, miró a Cherry y le indicó la hamaca y la tumbona sobre la que habían estado antes–. ¿Vamos?

Vittorio dejó que ella lo precediera y eso fue lo más difícil que Cherry había hecho nunca. Sabía que él le estaba mirando el trasero, pero era mejor aquello que si Vittorio estuviera de frente. El aire sobre el bañador mojado le había puesto los pezones erectos y estos se le apretaban contra la delgada tela. Se sentía como si estuviera protagonizando una película erótica.

Por fin llegó a la hamaca y pudo agarrar el pareo. Se lo envolvió y lo ató firmemente sobre los pechos, de manera que quedó cubierta hasta las rodillas.

Vittorio dejó la bandeja junto a la tumbona y murmuró con voz suave:

–¿Mejor?

El rubor que le había cubierto el rostro había empezado a desaparecer, pero, al escuchar aquellas palabras, volvió a aflorar al comprender que él había notado su azoramiento y la razón del mismo.

–¿Cómo dices?

–¿Te sientes mejor ahora que estás bajo la sombra de los árboles? La piel de los ingleses es muy sensible. Se quema muy fácilmente.

Aquello no era a lo que Vittorio se había referido y los dos lo sabían. Cherry lo notaba en los ojos de él. Se dijo que debía tranquilizarse y no morder el anzuelo.

–Ya llevo en Italia unos días. La piel se me está empezando a aclimatar. Además, tengo la suerte de que me bronceo muy rápidamente y que casi nunca me quemo.

—Está muy bueno —dijo él mientras saboreaba el cóctel. Entonces, golpeó con la mano la silla que había al lado de la de él—. Ven a disfrutar de tu cóctel y a relajarte antes de que te vayas a cambiar para cenar.

Relajarse no era una opción con Vittorio tan cerca. El hecho de que él pareciera sentirse tan a gusto con su cuerpo no ayudaba, sino que le hacía sentirse aún más incómoda. No obstante, de algún modo encontró el aplomo que necesitaba para acercarse a la tumbona y sentarse. Cuando aceptó la copa que él le ofrecía, tenía una cortés sonrisa en el rostro. Entonces, dio un sorbo a su cóctel.

—¡Madre mía! ¿Qué es esto? —exclamó tras saborear la bebida. Estaba deliciosa, pero era muy fuerte.

—Se llama «Amor por la tarde». ¿Te gusta?

Cherry lo miró con la sospecha grabada en los ojos.

—¿De verdad se llama así?

—Por supuesto. Es una de mis creaciones para las tardes calurosas de verano como esta.

Tardes en las que, con toda seguridad, no estaría solo. Cherry estaba completamente segura.

—Está muy bueno, pero es muy fuerte.

—Eso es lo que hace falta —replicó él provocadoramente.

Vittorio sonrió, pero ella se negó a corresponder. Tenía los hombros anchos, musculados. Su cuerpo entero era puro músculo, sin una gota de grasa. No se había movido desde que le dio el cóctel a Cherry, pero ella sentía la necesidad de apartarse un poco más. No lo hizo, por supuesto.

—¿Qué es lo que tiene? —preguntó ella tras dar otro trago.

–Ginebra, curasao, champán frío, zumo de lima y pulpa de piña. En realidad, es poco más que un ponche de frutas.

–En Inglaterra no se diría que esto es un ponche de frutas.

–Ah, pero ahora no estás en Inglaterra, ¿verdad, *mia piccola*? –murmuró él–. Inglaterra es un país frío. Incluso los veranos son muy lluviosos y con fuertes vientos y a veces hay que poner la calefacción para mantenerse caliente. No tengo duda alguna de que los ponches ingleses carecen de la pasión y del calor de Italia.

Cherry sabía que él solo estaba tratando de provocarla y sabía que debía dejarlo estar, pero no pudo hacerlo.

–Te aseguro que los ingleses son tan apasionados como los italianos en las cosas que importan. Admito que no expresamos lo que sentimos en todo momento, pero eso no significa que nuestros sentimientos no sean profundos.

–Pensaba que estábamos hablando del ponche...

–Del ponche y de otras cosas.

–Entiendo. Bueno, ya que estamos hablando del asunto, ¿eres tú apasionada sobre las cosas que importan, Cherry? Y si es así, ¿qué hace que tu corazón lata más rápidamente?

–Toda clase de cosas –dijo ella observándolo con cautela.

Vittorio terminó su cóctel con un par de tragos y dejó el vaso en la bandeja antes de estudiarla con intensa concentración.

–Dime una.

—Bueno, me encantan los animales —contestó Cherry, haciendo un esfuerzo ímprobo para no perder la compostura—. Leer, salir a cenar con amigos...

—No te he pedido la clase de detalles que se ponen en un currículum. Te he preguntado por la verdadera Cherry.

—Esa es la verdadera Cherry.

—¿Y qué me dices del amor? ¿Del romance? ¿Hay alguien especial en tu fría Inglaterra? ¿Un novio esperándote?

—No —respondió ella más rápidamente de lo que hubiera deseado—. En este momento, no.

—¿Pero lo ha habido hasta hace poco? ¿Por eso has venido a Italia? ¿Para escapar de él?

—No creo que eso sea asunto tuyo —le espetó Cherry. Los ojos le echaban chispas—, pero da la casualidad de que yo no escapé de nadie. He decidido tomarme unos meses de vacaciones para explorar el sur de Europa en un momento de mi vida en el que no tengo ataduras. No hay doble significado.

—No has respondido a mi pregunta.

Cherry dejó el vaso sobre la mesa y derramó parte del cóctel. Entonces, se puso de pie.

—Te estoy muy agradecida por tu hospitalidad —le dijo con frialdad. El rostro, por el contrario, le ardía—. Sin embargo, como te he dicho, mi vida personal no es en absoluto asunto tuyo.

Vittorio se puso también de pie y, sin decir ni una sola palabra, la tomó entre sus brazos y la besó. Al principio, fue un beso cálido, experimental. Cherry se quedó tan sorprendida que dejó que ocurriera. Cuando se hizo más profundo, aunque hubiera querido moverse no hubiera podido. Las caricias de Vittorio habían prendido fuego a sus sentidos. Era la clase de beso con el que había soñado cuando era solo una adolescente. Cálido y dulce.

Vittorio le colocó una mano sobre la espalda para hacer que se pegara más a él. Cherry no tardó en quedar moldeada contra su cuerpo. La magia de la piel de Vittorio turbaba la de ella, del mismo modo que la boca de él enardecía las sensaciones que labios y lengua estaban provocando, pequeñas agujas de placer que le inyectaban el deseo en las venas como si fuera una droga prohibida.

–Delicioso... –murmuró él.

El aire cálido y fragante, las sombras de luz y oscuridad contra los párpados cerrados, la tensión en el centro de su ser... Todo ello contribuía al sentimiento de ensoñación que se había apoderado de Cherry. Los últimos meses habían sido duros, dolorosos y humillantes. Aquella fantasía resultaba aún más seductora por todo lo ocurrido. Se sentía deseable, femenina.

Le colocó las manos sobre los hombros y se abandonó a lo que él le proporcionaba con un ansia que la habría sorprendido si hubiera sido capaz de razonar. Sin embargo, no quería pensar. Ya había pensado lo suficiente desde el momento en el que se había enterado de que Liam la había traicionado. Solo quería...

Los muslos de Vittorio se apretaban contra sus suaves curvas a medida que la mano fue deslizándosele hacia abajo. Cherry movía las caderas para lograr encajar su cuerpo contra el de él. Fue aquello, la inconfundible sensación de la erección, lo que empujó a

Cherry a recuperar la cordura. Le colocó las manos en el pecho y se apartó de él dando un paso atrás.

—No —susurró, casi entre sollozos—. No quiero esto.

Vittorio no hizo ademán alguno de volver a abrazarla. Se tomó un instante para recomponerse antes de hablar.

—Termínate tu cóctel, *mia piccola* —murmuró—, mientras yo me doy una ducha fría.

Con eso, se dio la vuelta, se acercó rápidamente al borde de la piscina y se zambulló en sus frescas profundidades.

Capítulo 4

CHERRY ni siquiera esperó a que Vittorio saliera a la superficie. Tomó su vaso y se marchó en dirección a la casa. A pesar de que el calor del día aún se hacía sentir, cubrió la distancia más rápidamente que un atleta olímpico. Le horrorizaba que él pudiera llamarla porque, en aquellos momentos, no podría soportar enfrentarse a él.

Subió rápidamente las escaleras. No se dio cuenta de que aún llevaba el vaso, ya vacío, en la mano hasta que no entró en su dormitorio y hubo cerrado la puerta con llave.

Se sentó en la cama y dejó el vaso en la mesilla de noche. Entonces, se cubrió el rostro con las manos. Menuda exhibición había hecho de sí misma. No solo había permitido que él la besara, sino que había salido huyendo como si fuera una conejilla asustada. Debería haberse quedado allí, haberse terminado su cóctel y haberse despedido de él con frialdad cuando él saliera de la piscina para demostrar que no estaba avergonzada.

Desde luego, él no lo había estado. Cerró los ojos y recordó la erección que tensaba la tela del bañador, prueba de que la había deseado allí mismo. Su rostro también lo había demostrado. El deseo sexual le había oscurecido los ojos. Evidentemente, había pensado que, por el modo en el que ella respondía, iba a tener suerte.

Cherry sintió que se moría de vergüenza. Se había comportado como una colegiala asustada. Vittorio pensaría que era una provocadora, una de esas mujeres que indicaba que estaba disponible y que luego se echaba atrás en el último momento. ¿Cómo si no podía explicar su comportamiento? ¿Cómo podía decir que su beso había sido la experiencia más avasalladora de su vida? Vittorio pensaría que ella estaba jugando con él o, peor aún, que se sentía atraída por él y que estaba tratando de cazarle, dejándole probar para luego matarlo de hambre. Fuera como fuera, la imagen que proyectaba era la de una provocadora y ella jamás se había comportado de aquel modo en toda su vida.

Estuvo sentada sobre la cama unos minutos más antes de dirigirse al cuarto de baño. Se daría un baño. Se lavaría el cabello, se mimaría. Tal vez incluso se pintara las uñas con uno de los botes de laca de uñas que había visto antes. Cuando bajara a cenar, volvería a tener las riendas.

Al pensar en Vittorio, se le hizo un nudo en el estómago. Jamás sabría por qué él había querido besarla. Había tenido el aspecto de una muchacha asustada. Ya no volvería a tenerlo. No tenía mucha ropa de vestir, pero al menos contaba con un par de vestidos que se había comprado después de romper con Liam, cuando se sentía fea e inútil. Le habían costado un ojo de la cara, pero había merecido la pena por la confianza en sí misma que le habían dado. Se pondría uno de ellos, el azul oscuro con escote asimétrico. Tenía también un par de sandalias que le irían bien. Y se recogería el cabello. Eso le daría un aspecto más maduro.

Una hora más tarde, estaba terminando de recogerse el cabello cuando alguien llamó a la puerta de su dormitorio. El corazón le dio un salto en el pecho y empezó a latirle tan rápidamente que casi le resultaba imposible respirar.

–¿Sí? –preguntó, casi sin aliento–. ¿Quién es?

Sintió un profundo alivio cuando fue Sophia quien respondió. ¿Cómo había podido pensar que un hombre como Vittorio iba a molestarse con ella? Para él, había muchos peces más en el mar.

Abrió la puerta y se encontró con una sonriente Sophia. Llevaba un vestido con escote palabra de honor en verde que le hacía parecer mayor.

–Pensé que podíamos bajar juntas, Cherry.

–Sí, por supuesto. Solo tengo que ponerme las sandalias –dijo mientras se echaba a un lado para que Sophia pudiera pasar y luego cerraba la puerta.

Inmediatamente, se dirigió a la maleta abierta y sacó las sandalias. Entonces, se sentó para poder ponérselas.

–Siento hacerte esperar, Sophia –dijo. Entonces, giró la cabeza para mirar a la joven y vio que abundantes lágrimas le caían por las mejillas–. ¿Qué te pasa? ¿Qué tienes?

Rápidamente se puso de pie y abrazó a Sophia. Entonces, la acercó a la cama y la hizo sentarse a su lado. Por último, le tomó las manos entre las suyas.

–¿Se trata de Santo?

–Sí... sí. En cierto modo –susurró Sophia–. Estoy... estoy metida en un lío, Cherry. No tengo a nadie con quien hablar, en quien confiar. Estoy tan asustada. En la piscina tú pareciste comprender cómo me sentía, pero... Hay más.

Cherry esperó que no se tratara de lo primero que se le había ocurrido.

—¿Y no puedes hablar con Vittorio? Él te quiere, ¿sabes? Aunque se muestre demasiado protector contigo. Se siente responsable de ti desde que tus padres murieron y quiere hacer lo adecuado para ti.

—Vittorio es la última persona con la que puedo hablar de esto.

Aquello terminó de confirmar lo que Cherry sospechaba.

—¿Estás embarazada, Sophia?

La muchacha cerró los ojos y asintió. Las lágrimas le caían por debajo de los párpados cerrados.

—Pero no ha sido culpa de Santo, aunque sé que Vittorio no me creerá. Yo... yo sabía lo que estaba haciendo. Él quería parar, pero yo necesitaba pertenecerle de verdad. No habría podido permitir que él me apartara como había hecho en otras ocasiones. Se enfadó mucho.

—¿Y tú? ¿Cómo te sentiste tú?

Sophia abrió los ojos. Aunque los tenía llenos de lágrimas, la voz le resonó con fuerza.

—Yo me alegré. Y sigo alegrándome, aunque no esperaba... No creí que una se pudiera quedar embarazada la primera vez.

Sophia tal vez había tenido una educación de primera clase, pero sabía poco de los hechos de la vida. O, al menos, eso había sido antes. Desgraciadamente, ya lo sabía todo.

Menudo lío. Cherry le dio a Sophia un pañuelo de papel.

–¿Y Santo? ¿Qué tiene él que decir al respecto?

Los ojos de Sophia volvieron a llenarse de lágrimas.

–Aún no se lo he dicho. No estaba del todo segura, pero hoy me fui de compras con Margherita y fingí que quería comprarme un lápiz de labios en la farmacia. Allí, me compré una prueba de embarazo. Después de hablar contigo al borde de la piscina, reuní el valor suficiente para hacerlo.

–Entonces, ¿no hay duda?

–No... Ya tengo dos faltas, pero sabía que, en cuanto se lo dijera a Santo, él vendría a ver a Vittorio y le diría que se quiere casar conmigo. Tengo miedo de lo que Vittorio pueda hacerle.

–Pues tendrás que decírselo, Sophia. Lo sabes, ¿verdad? Por lo que me has dicho, Santo no es la clase de hombre que pueda sugerirte que os fuguéis o salir huyendo él por su cuenta. Vendrá a ver a Vittorio y es importante que tu hermano se entere de lo que ocurre por ti. Así tendrá tiempo de tranquilizarse.

–No puedo hacerlo, Cherry –susurró Sophia. Parecía estar muy atemorizada–. Tiene muy mal carácter...

–Pero tu hermano tiene que saberlo, Sophia –insistió Cherry–. Lo comprendes, ¿verdad?

–¿Se lo dirías tú a mi hermano, Cherry? –le preguntó la muchacha mientras le agarraba las manos con fuerza–. *Per favore*. ¿Lo harías?

–¿Yo? –preguntó Cherry horrorizada.

–Sí. Eres una invitada en nuestra casa. Vittorio lo respetará, pero a mí... Yo no me atrevo.

–¿Acaso crees que tu hermano podría hacerte daño?
–Sí... No –dijo Sophia. Estaba muy confusa–, pero, si se lo dices tú, no perderá el control. Sé que te estoy pidiendo mucho, pero te lo suplico...

Efectivamente, era mucho pedir. Solo hacía unas horas que los conocía a ambos.

–Nos queremos, Cherry –prosiguió Sophia–. Nos queremos desde siempre. Yo puedo irme a vivir a la granja con la familia de Santo cuando estemos casados. No será un problema. Sus padres me aprecian. Su madre es un cielo. Santo podrá seguir trabajando con su padre y yo puedo ayudar a su madre en la casa. Así le haré compañía. Santo tiene cinco hermanas, pero son mayores que él y ya están casadas.

Sophia lo tenía todo pensado. Cherry se preguntó si se habría quedado embarazada accidentalmente o lo ocurrido no había pasado tan inocentemente como ella afirmaba. Fuera como fuera, el mal ya estaba hecho. Un niño venía de camino y él o ella era el verdadero inocente en todo aquello. Sus padres serían una pareja que ellos mismos eran unos niños. Lo bueno sería que no tendrían que cuidar del niño ellos solos. Tenían a los abuelos a mano y sería mucho más fácil para ellos.

–Si estás segura de que estás esperando un hijo, tienes que decírselo a Santo, Sophia. Tiene derecho a saberlo antes que nadie. Después de todo, es el padre.

–Sí. Tienes razón –dijo Sophia mientras las dos se ponían de pie–. Si se lo digo yo a Santo, ¿se lo dirás tú a Vittorio?

Cherry sintió que estaba entre la espada y la pared. Comprendía lo que Sophia le decía. Efectivamente, si ella le daba la noticia, Vittorio tendría que controlarse y podría ser que, cuando viera a Sophia, se hubiera calmado un poco.

–Me voy a marchar mañana en cuanto me traigan el coche.

–Sí, pero aún nos queda la cena de esta noche e incluso el desayuno de mañana. Tal vez esta noche sea mejor, por si el coche lo traen temprano. Vittorio se sentirá más relajado después de haber cenado y haber tomado algo de vino. Yo me puedo marchar temprano, antes del postre. Puedo decir que me duele la cabeza. Como Margherita estará distraída aún en la cocina, podré escaparme y decírselo a Santo. Entonces, podemos regresar los dos juntos para enfrentarnos a Vittorio. Está bien, ¿verdad? Tú le podrías decir que no es culpa de Santo.

Demonios. Y todo aquello porque alguien le había robado la gasolina. En aquellos momentos, debería estar en algún lugar de la costa, sin nada en qué pensar aparte de lo que iba a cenar aquella noche.

–¿Qué habrías hecho si yo no hubiera aparecido hoy por aquí?

Sophia se encogió de hombros y volvió a sonreír.

–Pero has venido y siempre estaré agradecida por ello. Llevo rezando a la Virgen María desde que sospeché que podría estar embarazada para pedirle que me ayude y ya lo ha hecho.

Aquellas palabras hicieron comprender a Cherry lo joven que era Sophia y lo sola que parecía estar. No podía dejar que se enfrentara a su hermano sin ayuda.

–Está bien. Después de cenar.

–*Grazie, grazie!* –exclamó la muchacha mientras la abrazaba con fuerza–. Me gustaría que pudieras quedarte un tiempo y verme casada. Siempre he querido tener una hermana.

–Dentro de poco vas a tener cinco –comentó Cherry secamente.

Sophia se echó a reír. Las lágrimas habían desaparecido.

–Es cierto. Y tienen muchos *bambini*. Mi pequeño no estará solo.

Cherry se puso las sandalias. La situación bordeaba lo surrealista. Sophia había pasado de la desesperación a la alegría más profunda en cuestión de minutos. Le daba la sensación de que la muchacha no había comprendido la enormidad de los cambios que iban a ocurrir en su vida. Solo esperaba que el maravilloso Santo cumpliera las expectativas que Sophia tenía sobre él. La joven no dudaba que él le pediría que se casara con ella.

Bajaron juntas la escalera y, cuando llegaron al vestíbulo, Sophia se dirigió al salón seguida de Cherry. Vittorio ya estaba allí, tomando una copa. Al verlo, Cherry se ruborizó y recordó repentinamente todo lo ocurrido aquella tarde junto a la piscina.

–El sueño de todo hombre –murmuró él–. Cenar con dos hermosas mujeres. Venid a tomar algo de beber.

De algún modo, Cherry consiguió andar y se sentó junto a Sophia en uno de los sofás. Vittorio iba vestido con unos pantalones negros y una camisa blanca y tenía un aspecto sensacional.

–¿Te apetece otro cóctel, Cherry? –le preguntó él–. Creo que derramaste gran parte del que te estabas tomando junto a la piscina. O tal vez prefieras vino o jerez.

Cherry levantó la barbilla y, a pesar del rubor que le cubría las mejillas, contestó con voz firme como el acero.

–No me apetece un cóctel. Una copa de vino estará bien.

Vittorio se inclinó sobre la mesa y le sirvió una buena copa de vino tinto. Se la entregó y luego sirvió otro con igual medida de vino y gaseosa. Entonces, se lo pasó a su hermana. Sophia protestó.

–Por el amor de Dios, tengo casi diecisiete años, Vittorio. ¿Cuándo vas a empezar a tratarme como una mujer adulta en vez de como a una niña?

Vittorio ignoró a Sophia y sonrió a Cherry.

–¿Tienes todo lo que necesitas en tu dormitorio?

–Sí, gracias –dijo ella, a punto de atragantarse con el vino.

Se alegró de que en aquel momento entrara Margherita para que Vittorio no pudiera seguir preguntando.

–La cena está servida, *signor* Carella –dijo el ama de llaves con rostro impasible.

–Gracias, Margherita. Nos llevaremos las bebidas.

El comedor era tan hermoso como el resto de la casa. Una enorme mesa presidía la estancia, que estaba decorada en tonos amarillos y ocres. La luz era suave y las ventanas estaban abiertas, lo que permitía que los visillos se movieran suavemente con la brisa de la tarde.

A pesar de lo agradable que resultaba la sala, Cherry se sentía tan tensa como la cuerda de un piano.

Rosa y Gilda aparecieron con el entremés, el *antipasto*, que consistía en un plato de aceitunas, fiambre y anchoas. Sophia comía con gusto, como si lo que estaba a punto de ocurrir no le hubiera quitado el apetito. Cherry, por el contrario, era incapaz de comer.

–Pruébalo –le dijo Vittorio–. O Margherita creerá que no aprecias su comida, lo que consideraría un gran insulto.

A pesar de que no tenía apetito, cuando empezó a comer, encontró la comida tan deliciosa que ya no pudo parar.

El siguiente plato era una sopa con pequeñas formas de pasta que se llamaban *orecchiette*.

–Orejitas, en tu idioma –le dijo con una sonrisa–. La gastronomía de Puglia es una de las mejores de toda Italia. Aquí se come muy bien. La comida es muy importante para nosotros, ¿verdad, Sophia?

–Sí –afirmó Sophia–. Prueba un poco del pan de Margherita –le sugirió mientras le pasaba la cesta–. Lo hace con aceitunas negras, cebollas, tomate y nuestro propio aceite de oliva.

Efectivamente, el pan era delicioso. Cherry decidió que debía olvidarse de lo que se le venía encima y disfrutar de la cena. Margherita era ciertamente una magnífica cocinera. Además, Vittorio parecía haberse olvidado por completo del incidente de la piscina y se había metamorfoseado en el anfitrión perfecto, divertido y atento.

El plato principal era *carpaccio*, carne fileteada tan finamente como el papel, con mayonesa y queso parmesano. Estaba delicioso.

–Comes como una italiana –comentó Vittorio mirándola de un modo que la hizo echarse a temblar.

–Supongo que eso será un cumplido.

–Por supuesto. Los italianos sabemos cómo disfrutar de las cosas buenas de la vida. La vida es un regalo y no debe ser desperdiciada. Hay muchos placeres que pueden mantener pleno el corazón y algunos son incluso gratis.

Vittorio la miró fijamente. Cherry supo que él estaba pensando en el beso, pero aquella vez se negó a sonrojarse.

–Supongo que la comida tiene que pagarse –comentó.

–Sí, es cierto. Pero una bonita puesta de sol, el tacto del agua fría sobre la piel caliente, caminar por una playa desierta al amanecer, mirar a una hermosa mujer... Todo eso es gratis. Y hay muchas cosas más.

–Prueba a decirles eso a los millones de personas que viven la vida en una jungla de asfalto que se llama ciudad, con tan solo un par de semanas de vacaciones al año.

–Bueno, no estoy de acuerdo. Roma es una ciudad, pero yo no diría que es una jungla de asfalto. Ni París. Ni siquiera Londres. Hay muchos edificios hermosos en tu capital, al igual que plazas, parques y demás lugares de interés y belleza. Por supuesto, en todos los países hay guetos. Es una pena, pero mientras que la avaricia del hombre triunfe sobre la pobreza, esto seguirá siendo así. Muchos gobiernos están infectados por el virus de la corrupción, pero el espíritu humano puede encontrar una salida si así lo quiere.

Cherry lo miró fijamente. No solo la conversación se había puesto de repente muy seria, sino que ella sentía que un experto la había puesto bien en su lugar. Se lo tendría que haber imaginado.

Sophia eligió aquel momento para efectuar su salida. Se levantó y dijo:

–Tengo dolor de cabeza, Vittorio. Creo que me voy a ir a la cama. Lo siento, Cherry, pero te veré a la hora de desayunar.

Cherry forzó una sonrisa para no estropearle los planes a Sophia.

–Sí, por supuesto –dijo, aunque las dos sabían que iban a volver a verse mucho antes.

–¿No vas a tomar postre? –preguntó Vittorio asombrado–. Es tu favorito.

–No. *Buonanotte,* Cherry. *Buonanotte,* Vittorio –le dijo a su hermano mientras se acercaba para darle un beso en la mejilla. Con eso, se marchó rápidamente.

En aquel mismo instante, las dos sirvientas entraron para retirar los platos sucios y servir el postre, que consistía en naranjas con helado y un plato de quesos. A pesar de que el postre era delicioso, de repente Cherry sintió que no tenía hambre. Una cosa había sido acceder a las súplicas de Sophia y otra tener que decirle a Vittorio la verdad de lo que ocurría. El corazón le latía aceleradamente. Se alegró de estar sentada porque no estaba segura de que la sostuvieran las piernas.

–¿Me han salido cuernos?
–¿Cómo dices?

En aquel momento, Cherry se dio cuenta de que lo había estado mirando muy fijamente.

–Solo porque Sophia se haya marchado, no te pienses que voy a abalanzarme sobre ti para aprovecharme –comentó con una sonrisa–. Te aseguro que estás a salvo, *mia piccola*.

–Eso ya lo sé. Simplemente estaba pensando. Eso es todo.

–De eso no me cabe ninguna duda, pero creo que es mejor que no siga preguntando. Me da la sensación de que mi ego saldría peor parado de lo que ya lo está. Tómate el postre. Margherita nos traerá el café muy pronto y podrás salir de nuevo huyendo.

–Te aseguro que eres el hombre más engreído que he conocido en toda mi vida.

–Prefiero eso a la mediocridad.

–Efectivamente, estaba pensando en ti, pero no del modo que tú crees. De hecho, tengo algo que decirte.

–¿Sí? ¿Y se trata de algo que te pone el miedo en el rostro? ¿Acaso eres una delincuente que está huyendo de la ley? ¿Es eso? –bromeó–. Tranquila, Cherry. Te aseguro que lo que me quieras decir no puede ser tan malo.

Ella lo miró fijamente.

–¿No te vas a tomar el postre?

–No. No, gracias.

–En ese caso, tendremos esta *conversazione* tan importante mientras nos tomamos un café en la galería, ¿te parece?

Antes de que Cherry pudiera oponerse, Vittorio se levantó y se dirigió a ella para retirarle la silla. Entonces, la tomó del brazo y la condujo a la galería que rodeaba toda la casa. En ella había varios sofás y sillas, junto con mesas bajas y velas de *citronella* que servían para ahuyentar los insectos.

Cherry se sentó en una de las sillas en vez de en uno de los sofás. Rosa apareció enseguida y dijo algo en italiano.

–Sí, Rosa. *Grazie* –dijo Vittorio–. El café llegará en pocos minutos.

Cherry asintió. Se sentía muy mal. Había aceptado la hospitalidad de Vittorio y, en aquellos momentos, estaba a punto de pagar su amabilidad dándole la noticia que no habría querido comunicarle ni a su peor enemigo.

Antes de que ella pudiera hablar, Vittorio dijo:

—Mira el cielo, *mia piccola*. Está cuajado de estrellas y brilla con los colores de los cuerpos celestiales, una noche en la que la luz de las estrellas provoca largas sombras en la tierra y crea extrañas formas con los árboles y los edificios. Una noche que nos recuerda lo pequeños y lo insignificantes que somos.

Cherry no miró al cielo, sino a Vittorio. En aquel momento, comprendió que se sentía muy atraída por aquel guapo y autocrático desconocido como nunca se había visto atraída por un hombre. Lo había sabido desde el momento en el que lo vio y por eso se había enfrentado a ello tan ferozmente.

Las sombras habían tallado su rostro, pero los ojos le brillaban mientras observaba el cielo. Entonces, se volvió a mirarla a ella con una sonrisa en el rostro.

—Estoy divagando. ¿Qué era lo que deseabas decirme, Cherry?

Capítulo 5

CHERRY jamás olvidaría los minutos que se produjeron a continuación. Rosa salió a la galería con el café. Vittorio le sirvió una taza y, entonces, la miró a los ojos antes de volver a realizar la pregunta.

–Bien, ¿de qué se trata?

Cherry sabía que tenía que hacerlo sin pensárselo más. Si no, perdería el valor para contárselo.

–Se trata de Sophia. La razón por la que se ha mostrado tan difícil durante el último mes... Está esperando un hijo, Vittorio.

Le pareció sentir cómo la Tierra temblaba bajo sus pies.

–¿Qué has dicho? –le preguntó él. Curiosamente, su voz carecía por completo de entonación.

–Santo y ella... Es decir, Sophia me dijo que...

–¿Qué fue lo que te dijo Sophia, Cherry?

–Está muy asustada, Vittorio. Ni siquiera se lo ha dicho todavía a Santo y ella ha insistido en que fue culpa suya. Ella lo convenció. Santo en realidad no quería...

Vittorio lanzó una expletiva en italiano. Cherry se alegró de no entender nada. Lo miró fijamente y sintió que le dolía de verdad ver la agonía y la vulnerabilidad que distorsionaban aquel hermoso rostro.

Cuando Cherry vio que él se ponía de pie, se apresuró a añadir:

—Ella no está aquí ahora. Se ha ido a ver a Santo para contarle lo del... bebé.

Vittorio la miraba fijamente. Después de lo que pareció una eternidad, volvió a sentarse.

—¿Sophia te ha pedido a ti, una desconocida, que me digas que está en estado? ¿Por qué?

—A ella... a ella le pareció lo mejor.

—¿Para quién?

—En realidad para ti, y también para Santo y para ella. Pensó que harías algo de lo que te podrías arrepentir en los primeros momentos después de enterarte de lo que ocurre y ella trataba de evitar enfrentamientos. Creo que Santo y ella van a venir aquí a hablar contigo dentro de un rato.

—Pues te aseguro que entonces sí que va a haber enfrentamiento.

—Te advierto que, si le haces daño a Santo, perderás a Sophia para siempre. Eso lo sabes, ¿verdad? Y también a tu sobrino o a tu sobrina. Ella lo ama, Vittorio. No hay nada que desee más en la vida que convertirse en su esposa y en ser la madre de su hijo. Así son las cosas.

—No me hables de cómo son las cosas. ¿Qué sabes tú? Ayer ni siquiera conocías a Sophia.

—Eso es cierto, pero a veces un desconocido ve las cosas más claramente que nadie simplemente porque no está implicado. Ella sabe exactamente lo que quiere y no se trata de seguir estudiando.

—Es una niña.

—No. No lo es —afirmó. Sabía que era una tontería seguir defendiendo a Sophia. Después de todo, ella se habría marchado al día siguiente, pero no podía dejar de intentar que Vittorio comprendiera–. Sophia ya no es una niña. Es muy importante que lo comprendas antes de que sea demasiado tarde. Ella quería pertenecer a Santo, lo preparó todo y, aunque evidentemente no creyó que se quedaría embarazada, está encantada de todas maneras. Siento si eso te rompe la imagen que tienes de tu hermana, pero es la verdad. De todos modos, algún día tendría que casarse. Simplemente ha ocurrido antes de lo que esperabas.

–No se casará con Santo. Su vida será trabajar de la mañana a la noche si lo hace. Eso no es lo que mis padres habrían deseado para ella.

–Tal vez no sea lo que tú deseas para ella –le espetó, sin poder contenerse–, pero es un ser humano libre, no una posesión. Ha elegido su camino para bien o para mal.

–¿Y si es para mal?

–En ese caso, lo mejor que puedes hacer es estar a su lado. Estoy segura de que a tus padres no les habría gustado que sus hijos se distanciaran por la razón que sea. Eso lo sabes, Vittorio.

–Ella ha mancillado el apellido Carella. Se ha entregado a un hombre antes de ser su esposa.

–¡Por el amor de Dios! ¿Y eso qué importa? ¿Quién es más importante, Sophia o tu estúpido apellido? No es la primera chica en esta situación ni será la última. Si les das tu bendición, se podrán casar inmediatamente y todos pensarán que simplemente el niño se ha adelantado un poco. Aunque no lo piensen, ¿qué? No me pareces la clase de hombre que piense que debe responder ante la gente.

–¿Cómo te atreves a hablarme así? Esto no es asunto tuyo.

–Sophia hizo que lo fuera cuando me pidió que hablara contigo. Yo no quería hacerlo, eso te lo aseguro. Sabía exactamente cómo reaccionarías.

–¿Acaso crees que debería alegrarme de que mi hermana de dieciséis años haya desperdiciado su vida? ¿De que vaya a ser madre?

–Sé que no es la situación ideal, pero ha ocurrido y Sophia desea tener ese bebé. No va a abortar.

–¿Acaso crees que yo le sugeriría algo así? ¿Qué clase de hombre crees que soy? ¿Un monstruo?

–No lo sé. Tal y como tú has señalado antes, ayer ni siquiera os conocía a Sophia o a ti. Créeme si te digo que ojalá hubiera pasado la noche en el coche en vez de verme metida en todo esto.

Vittorio la miró fijamente. Parecía estar haciendo un gran esfuerzo para controlarse. Resultaba evidente que las palabras de Cherry le habían recordado que ella era una invitada en su casa.

–Debo disculparme, Cherry. Sophia ha hecho mal en pedirte a ti que intervinieras en esto, pero eso no excusa mi comportamiento.

–No importa. Ha sido una noticia muy inesperada. Yo solo quería ayudar y sigo queriendo hacerlo. Si deseas que me quede hasta que lleguen Sophia y Santo...

–No será necesario. Este no es tu problema.

Con eso, Cherry se puso de pie. Vittorio se levantó también. Una vez más, sus modales eran exquisitos.

–Te ruego que no la apartes de tu lado –le recomendó ella–. Ella sabe que tú te sentirás desilusionado y enojado, pero dales una oportunidad de hablar contigo. Sophia te quiere mucho y en este momento necesita tu ayuda y no tu rechazo. En cuanto a Santo... se ha visto metido en todo esto.

–¿Me estás pidiendo que no le agarre del cuello?

–No solo eso. Te aseguro que las palabras pueden hacer más daño que un golpe físico –afirmó ella. Lo sabía muy bien. Había vivido con su madre y su hermana muchos años antes de poder huir de todo aquello–. Y cuando las digas, ya no puedes retirarlas.

Vittorio extendió una mano. Entonces, le agarró la barbilla para levantársela y obligarla a mirarlo.

–¿Por qué te importa tanto Sophia? Casi no la conoces.

Cherry se encogió de hombros.

–Todas las mujeres deberíamos apoyarnos –dijo, a pesar de la sensación que los dedos de Vittorio le estaban produciendo en la pie–. Además, siento simpatía por ella. Eso es todo.

Cherry no esperaba que él inclinara la cabeza sobre ella ni que la besara. Entonces, Vittorio dio un paso atrás.

–Ahora, vete a la cama, Cherry –dijo soltándola como si nada hubiera ocurrido–. Ha sido un día muy largo. El desayuno es a las siete y media.

Vittorio no había prolongado el beso. Entonces, ¿por qué solo hacía falta que él la tocara para que una salvaje sensación se apoderara de ella? Ni siquiera sabía si él le gustaba.

De repente, necesitó la seguridad de su dormitorio.

–Buenas noches, y gracias de nuevo por tu hospitalidad.

Vittorio sonrió cínicamente.

—¿A pesar del hecho de que habría preferido la paz y la tranquilidad de tu coche?

Cherry se dio la vuelta sin contestar. Se volvió a mirarlo antes de entrar en la casa. Estaba de pie, donde ella lo había dejado, observando el oscuro jardín.

Cuando estuvo en su dormitorio, se desnudó y se duchó rápidamente. Entonces, se puso un pijama de algodón antes de meterse en la cama. A pesar de que esta era muy cómoda, le resultó imposible conciliar el sueño. Inglaterra parecía estar a un millón de kilómetros de distancia, y, con ella, Angela, Liam y todo el sufrimiento que ellos le habían causado. En aquel momento, todos sus pensamientos y sus emociones parecían estar ligados al hombre que esperaba en la galería. Se encontró rezando desesperadamente para que no hiciera o dijera nada de lo que pudiera lamentarse.

Sabía que lo que ocurriera en aquella familia no debería importarle en realidad. Después de todo, para ella no eran nada. Solo hacía unas pocas horas que conocía a Vittorio y a Sophia y ni siquiera conocía a Santo, pero, a pesar de todo, no podía negar el hecho de que sí le importaba. Era una locura.

Permaneció tumbada, tratando de escuchar algún sonido que indicara que Sophia y Santo habían llegado, pero todo permanecía en silencio. ¿Y si él le había dicho que no quería nada con ella? ¿O acaso Vittorio los había echado de la casa a los dos? En este último caso, habría oído voces. También podría ser que Sophia estuviera demasiado asustada como para volver.

Cuando por fin se dio cuenta de que no iba a dormir, se levantó de la cama y salió al balcón. Allí se sentó y suspiró suavemente. Se estaba tan bien allí...

Permaneció sentada una hora o más, hasta que se le empezaron a cerrar los ojos. Entonces, volvió a la cama. Estaba a punto de quedarse dormida cuando oyó que alguien llamaba a la puerta. Segura de que era Sophia, se levantó y se dirigió descalza hacia la puerta.

–¿Te he despertado? –le preguntó Vittorio cuando ella abrió la puerta.

–En realidad, no. No estaba del todo dormida –respondió Cherry muy sorprendida al verlo allí. Deseó de todo corazón llevar puesto un sugerente camisón de encaje en vez del sensato pijama de algodón. Debía de tener el aspecto de una colegiala.

–Al ver lo mucho que te preocupaba Sophia, pensé que seguirías despierta –dijo–. Solo quería tranquilizarte y decirte que Santo se ha marchado intacto de la casa. Aunque por poco.

–¿Han venido a verte? No he oído nada –comentó ella. Inmediatamente se sonrojó al darse cuenta de que había dejado patente el deseo que había tenido de enterarse de algo.

–Sí. Mañana nos reuniremos las dos familias, pero no es eso lo que he venido a decirte. Sophia desea que te quedes un tiempo. Hay muchas cosas que preparar rápidamente si se va a casar con Santo antes de que se le note su estado y la enormidad de todo ello la ha abrumado. No tiene ni madre ni hermana ni ninguna confidente femenina. Tampoco tiene una buena relación con el ama de llaves y para ir a comprar el traje de novia, la dote...

–Pero debe de tener amigas –dijo Cherry incrédula–. Además, ¿no dijiste que tenía abuela?

–Nuestra abuela tiene noventa años y la organización de algo de este tipo es imposible para ella. En cuanto a las amigas... Sophia te quiere a ti. Te lo dirá personalmente ella misma mañana, pero me pareció justo que tuvieras tiempo para considerar un encargo de esa magnitud. Sé que estás de vacaciones, pero lo que dijiste de que todas las mujeres deberíais apoyaros...

—Pero Sophia no me conoce —insistió ella. La sugerencia era ridícula, completamente ridícula. Entonces, ¿por qué la estaba considerando?

—¿No te parece que, en ocasiones, se pude saber más sobre una persona en cinco minutos que en cinco años con otra?

—Yo... Ni siquiera soy italiana.

—Eso no importa. Sophia sabe lo que será necesario. Tú simplemente deberías ayudarla, escuchar sus problemas y apoyarla. Incluso proporcionarle un hombro sobre el que llorar si es necesario. Según tengo entendido, las mujeres pueden ponerse muy emotivas en esos momentos y, a la vista de la situación en la que ella se encuentra, es mejor que se mantenga tan tranquila como sea posible. Por supuesto, la decisión es tuya.

Cherry lo miró fijamente. Si no tenía cuidado, se podía meter en un buen lío. Sin embargo, una cosa era cierta. Vittorio Carella podría tener a cualquier mujer que quisiera con solo chascar sus aristocráticos dedos. Si quería... quería tontear con ella, para él no significaría nada.

—No creo...

—No tienes que tomar la decisión ahora, Cherry. Consúltalo con la almohada.

—Vittorio...

–No dejes que el hecho de que Sophia esté sola tenga influencia alguna sobre ti –añadió, lo que le pareció a Cherry una manipulación descarada–. De algún modo, se las arreglará.

–¿Deduzco de todo esto que estás dispuesto a darles a Sophia y a Santo tu bendición?

–Eso de la bendición es exagerar demasiado, pero... No quiero perderla. O, tal y como tú me dijiste, perder a mi sobrino o a mi sobrina. Santo no es lo suficientemente fuerte para ella. Sophia es una Carella. Es obstinada y testaruda, segura de que siempre está en lo cierto. Estas cualidades han llevado a los hombres de mi familia a una posición de riqueza y poder, pero Sophia es una mujer. Debe de ver a Santo como el cabeza de la familia o el matrimonio no será feliz.

–¿Cómo has dicho? –preguntó Cherry escandalizada–. No estás diciendo que Sophia tiene que tratar a Santo como su amo y señor cuando estén casados, ¿verdad?

Vittorio la observó con frialdad.

–Estoy diciendo que habría preferido que Sophia se casara con un igual. Un hombre tiene que saber cómo manejar a una mujer como Sophia y aún no estoy seguro de que Santo pueda hacerlo.

–Se aman. Estoy segura de que eso es lo único que importa a la larga. Llevarán a su modo su relación. Tal vez no sea cómo tú crees que debería ser, pero podrías estar equivocado, ¿sabes?

–Vaya, vaya, vaya... ¿Es esa una de las cosas sobre las que te muestras apasionada, *mia piccola*? Junto con los animales, la lectura y salir a cenar con los amigos, por supuesto.

Cherry se negó a dejarse atrapar. Respiró profundamente y trató de tranquilizarse.

—Creo que los hombres y las mujeres son iguales, si es eso lo que me estás preguntando.

—Esto es bueno. Yo también creo lo mismo.

—¿Tú? ¿Cómo puedes tener la cara de decir algo así?

—Por supuesto. Los sexos son diferentes. Diferentes necesidades, diferentes puntos fuertes y diferentes debilidades. Sin embargo, en una unión perfecta, los dos encajan y se complementan como si fueran uno solo. Cada uno debe representar su papel.

—Tú has dicho que Sophia debería considerar a Santo como el cabeza de familia. Eso no es igualdad.

—No estoy de acuerdo —replicó Vittorio. Entonces, se apoyó contra la puerta. La mano quedó muy cerca de la cabeza de Sophia.

El rico aroma que emanaba de su piel invadió el espacio de Cherry y le puso los nervios de punta.

—Santo amará y honrará a Sophia, la antepondrá a todo el mundo, incluso a los hijos que pudieran tener. Sophia respetará y apoyará a Santo en el papel de este como padre y esposo y comprenderá que tiene la responsabilidad de cuidar de ella y de la familia. Así deberían ser las cosas. ¿Acaso piensas tú de otro modo, Cherry?

A Cherry le estaba costando pensar. La cercanía de Vittorio resultaba embriagadora. A pesar de que no la estaba tocando en modo alguno, ella sentía que se deshacía por dentro. Al menos, logró controlar la voz para que no le temblara cuando dijo:

—En algunas parejas trabajan los dos miembros y

aportan una cantidad de dinero idéntica al hogar. No hay cabeza como tal.

–Te equivocas. Un hombre de verdad siempre verá a su mujer como el miembro más débil y hará todo lo que pueda para amarla y protegerla. Le permitirá que ella sea la persona que quiere ser, incluso con el coste de su propio bienestar. Las mujeres son más delicadas... Se rompen más fácilmente.

–Eso son estereotipos que han inventado los hombres.

–No, *mia piccola*. Es una verdad tan antigua como todos los tiempos y, cuando cualquiera de los dos sexos se opone a eso, es el preludio del desastre. Hay un momento en el que tanto el hombre como la mujer deben dar y tomar. Como ahora, por ejemplo...

Cherry había sabido que él iba a besarla. Había deseado que él lo hiciera. Se echó a temblar cuando sintió que le tomaba los labios con una lenta exploración que le provocó una oleada de sensaciones por todo el cuerpo. El beso se profundizó. La lengua invadió la dulzura de la boca de Cherry mientras la tomaba entre sus brazos. Le colocó las manos sobre la parte inferior de las costillas, con las palmas sobre los costados...

Cherry le entrelazó los dedos en la nuca y mientras acariciaba el cabello de Vittorio suspiró antes de que la boca de él invadiera la suya una y otra vez.

Se le daba muy bien besar... Cherry no podía encontrar la fuerza suficiente para apartarse de él, a pesar de que sabía que era solo una más entre las muchas mujeres a las que él habría seducido.

Vittorio comenzó a deslizarle las manos por debajo de la camiseta del pijama. Cuando Cherry sintió los dedos sobre la piel, experimentó también una inyección de realidad que le ayudó a romper aquella sensual tela de araña. Se apartó enseguida.

Aquel hombre era un desconocido. Ni siquiera lo conocía hacía veinticuatro horas y se le estaba ofreciendo en bandeja de plata. Ella no era mejor que Angela.

Dio otro paso más atrás.

—No... no puedo hacer esto —le dijo.

—¿Por el hombre que te dejó escapar de Inglaterra? ¿Aún es el dueño de tu corazón?

—Te dije que no estoy escapando de nadie. Aunque así fuera, eso no alteraría el hecho de que yo no voy por ahí acostándome con todo el mundo.

—No pensé ni por un minuto que ese fuera el caso, Cherry.

—Te aseguro que no he venido a Italia a buscar una aventura de vacaciones, si es eso lo que estás pensando.

—¿Y por qué iba a pensar yo eso, *mia piccola*?

—Solo quería que supieras cuál era mi postura —replicó—. En el caso de que acceda a la petición de tu hermana.

—Comprendido.

Con eso, Vittorio dio un paso atrás y cerró la puerta.

Capítulo 6

A LA MAÑANA, Cherry se dijo que se había merecido aquella noche de insomnio. Había sido una estúpida al permitir que Vittorio la besara de aquel modo y, además, devolverle el beso. Por supuesto, él había pensado que podía ir más allá. Seguramente se había pensado que los dos se iban pasar la noche en la cama.

Decidió que no iba a estar en aquella casa mucho tiempo más. Eran las siete de la mañana de un hermoso día de mayo. Acababa de salir de la ducha y se estaba secando el cabello. Con un poco de suerte, su coche nuevo no tardaría en llegar. Por supuesto, tendría que desayunar antes de marcharse, pero conseguiría superarlo. Entonces, se marcharía en cuanto pudiera. Unos cuantos días recorriendo la zona, serían justamente lo que su mente necesitaría para olvidarse de las últimas veinticuatro horas.

Salió de su dormitorio un poco antes de las siete y media. Cuando llegó al comedor, vio que la puerta estaba entreabierta. La abrió del todo y vio la imponente figura de Vittorio ya sentada a la mesa. Estaba leyendo el periódico. Sophia no estaba presente, algo que no había esperado.

–*Buongiorno,* Cherry –dijo él mientras se levantaba para retirar la silla de la mesa y ayudarla a ella a sentarse.

A Cherry no le quedó más remedio que sentarse al lado de él. Se negó a reconocer el hecho de que estaba igual de guapo con vaqueros y camiseta que la ropa más elegante que llevaba el día anterior. Por supuesto, todo era ropa de marcha. Vittorio no tenía ni idea de cómo era la vida real. En absoluto. De hecho, Cherry dudaba que hubiera trabajado un solo día de su vida.

–Espero que hayas dormido bien...

–Muy bien, gracias –mintió. En aquel momento, las dos criadas entraron con dos bandejas, que colocaron en un largo aparador.

–Por la mañana, es costumbre que nos sirvamos nosotros mismos –le explicó Vittorio–. Rosa y Gilda traerán enseguida café. ¿Quieres expreso o capuchino?

–Un capuchino, por favor –le dijo Cherry a Rosa.

–Sí, *signorina* –dijo la doncella con una agradable sonrisa.

Cherry se sirvió un vaso de zumo de naranja de la jarra que había sobre la mesa y se lo tomó mientras las dos criadas se marchaban del comedor.

–Esta mañana han llamado de la empresa de coches de alquiler, Cherry –dijo Vittorio. Se puso de pie y retiró la silla de Cherry para que ella pudiera levantarse también. Entonces, le entregó un plato–. Lamentan que, debido a circunstancias que escapan a su control, no podrán suministrarte un coche nuevo hasta mañana.

–¿Cómo?

–Les dije que no suponía un problema. Te traerán el coche mañana por la mañana. ¿De acuerdo?

–No –replicó ella–. Quiero un coche hoy mismo.

No estoy dispuesta a esperar más. Consta en el contrato que firmé que me proporcionarían un coche nuevo en menos de veinticuatro horas. ¿Les has recordado eso?

–Te noto bastante molesta –dijo él suavemente–. ¿Significa eso que ya no estás dispuesta a ayudar a Sophia a preparar su boda?

Cherry se dio la vuelta y fingió examinar los platos que contenían la comida. Bollería y mermelada, fiambre, queso, macedonia de frutas y aceitunas.

–No creo que pudiera ayudarla mucho.

–Yo no lo creo así, pero, por supuesto, la decisión es solo tuya. Ah, aquí está Sophia –añadió mientras miraba por encima del hombro de Cherry.

Ella se dio la vuelta. Había esperado que la hermana de Vittorio se mostrara alegre y radiante después de lo ocurrido la noche anterior, pero tenía una expresión sombría en un rostro manchado de lágrimas.

Instintivamente, Cherry dejó su plato y se acercó a la muchacha.

–¿Qué te ocurre?

–¿Te ha dicho Vittorio que la boda va celebrarse dentro de unas pocas semanas? –replicó Sophia con los ojos llenos de lágrimas–. No sé por dónde empezar, Cherry. Además, esta mañana he tenido náuseas. No me encuentro bien...

–Deberías haber pensado en eso antes de seducir a Santo –le espetó Vittorio–. Solo tú eres culpable de la situación en la que te encuentras. Tú misma lo dijiste ayer.

–No estás ayudando –replicó Cherry tras darse la

vuelta–. ¿No te das cuenta de que está muy disgustada? Además, para bailar un tango hacen falta dos personas, como tú ya sabrás muy bien.

–Si Sophia se hubiera limitado a bailar un tanto con Santo, no estaríamos teniendo esta conversación.

–¡Por el amor de Dios! No todos somos robots, como tú. Algunos de nosotros tenemos sentimientos y, en estos momentos, Sophia no se encuentra bien. Va a tener un hijo y eso supone un cambio enorme en el cuerpo y en los sentimientos de una mujer. Ella necesita tu comprensión, es decir, si conoces ese sentimiento, algo que dudo.

–Mi comprensión me dice que Sophia tiene que sentarse –dijo Vittorio secamente.

Cherry miró a Sophia y vio que estaba muy pálida. Cuando consiguió llevar a Sophia de vuelta a la cama y le dijo que durmiera tanto como pudiera, Cherry supo que estaba atada. Sophia le había pedido que se quedara con ella un tiempo y que le ayudara con los preparativos de la boda y ella no había podido negarse. Se quedaría como máximo un mes, algo de lo que se alegraría si no fuera por Vittorio o, más precisamente, aquella ridícula atracción que sentía. Podría ser que no lo viera tanto como pensaba. Estaría muy ocupada ayudando a Sophia con la organización de la boda.

Vittorio la estaba esperando cuando regresó al comedor. Vio que junto a su plato estaba una humeante taza de café.

–¿Tienes desde siempre ese instinto maternal? –le preguntó él. Podría haberlo hecho sarcásticamente, pero no fue así.

–Sí –replicó ella. Cualquier persona o animal que tuviera problemas siempre acababa frente a su puerta. De hecho, había empezado a salir con Liam después de que él se hubiera desahogado con ella cuando le dejó su anterior novia.

–La leona con el corazón de oro. Me gusta. Con demasiada frecuencia, he descubierto que, con las mujeres modernas, ocurre más bien al revés –comentó. Cherry no contestó. Se limitó a tomar un sorbo de su capuchino–. Crees que soy duro, ¿verdad? Injusto y cruel.

–Ciertamente muy cínico –dijo sin poder contenerse.

–Creo que tienes razón –admitió él tras considerar la acusación un instante–, pero, en general, no considero que el cinismo sea algo malo, al menos no si va de la mano con la justicia y la imparcialidad. El único peligro puede venir si amarga a un individuo hasta el punto de que no pueda reconocer lo que es genuino y verdadero cuando lo ve.

–¿Y tú puedes? –le espetó ella.

–Por supuesto.

–Claro. ¡Qué tonta he sido al preguntar! Debe de ser maravilloso ser tan perfecto.

–Ha sido así desde hace tanto tiempo que ni siquiera pienso en ello, pero sí, tienes razón una vez más. Es maravilloso.

Cherry trató de no sonreír, pero no pudo contenerse.

–Eso está mejor –dijo Vittorio–. Corrías el peligro de darte una indigestión con toda esa acidez. Ahora, desayuna. Entonces, llamaremos a la empresa de vehículos de alquiler para insistir en que te manden un vehículo inmediatamente.

Vittorio lo sabía. Cherry no estaba segura de cómo él sabía que había cambiado de opinión sobre lo de marcharse aquella misma mañana, pero estaba segura de ello.

—En realidad, después de todo, hoy no voy a necesitar un coche. Le he dicho a Sophia que al menos pensaré lo de quedarme un tiempo y que hablaré con ella más tarde. Llamaré y pospondré la entrega.

—¿De verdad? —preguntó él fingiendo sorpresa.

—Pero no he hecho promesa alguna.

—Por supuesto que no.

—Si me quedo, será tan solo por un periodo de tiempo muy corto, hasta que Sophia se sienta mejor.

—Claro.

—En estos momentos se encuentra muy sensible.

—Como era de esperar.

Cherry admitió su derrota y se tomó el desayuno consciente de que Vittorio la estaba observando. Cuando casi había terminado, él volvió a tomar la palabra.

—Creo que Sophia estará dormida un buen rato. Está muy cansada y deseará estar preparada para la reunión que vamos a tener con la familia de Santo esta noche. Ahora me voy a visitar nuestra fábrica. ¿Te gustaría acompañarme y ver tú misma cómo se produce el aceite Carella? Tardaremos un par de horas.

Cherry dudó. Le interesaba mucho ver de primera mano cómo se hacía el aceite de oliva, pero era una situación demasiado íntima con él. Entonces, se dijo que no debía mostrarse tan ridícula. Después de todo, si se quedaba, tendría que ver a Vittorio. Tal vez sería mejor que fuera acostumbrándose a estar con él y a controlar las respuestas de su cuerpo.

–Sí, gracias. Me encantaría.

–En ese caso, me reuniré afuera contigo dentro de quince minutos.

Vittorio estaba sentado en un reluciente Range Rover cuando Cherry salió de la casa. Ella llevaba puesto un vestido rosa sin mangas y se había recogido el cabello en lo alto de la cabeza porque hacía mucho calor.

Cuando Cherry se acercó al vehículo, él salió para abrirle la puerta y ayudarla a montarse en el todoterreno con la cortesía natural que ella ya había notado antes. Se sentía algo nerviosa y tensa, por lo que aprovechó para respirar profundamente mientras él rodeaba el vehículo y se volvía a montar.

–Bueno –dijo él mientras arrancaba el coche y lo dirigía hacia la salida de la casa. Entonces, tomó la carretera en la que el coche de Cherry se había quedado tirado, aunque en dirección contraria–, ¿qué sabes de nuestro oro líquido?

Cherry trató de mostrarse tan relajada como él y sonrió.

–Que es genial para aliñar ensaladas y para cocinar la carne.

–Así es, pero es mucho más que eso, tal y como supongo que habrás oído. Es beneficioso para las enfermedades del corazón y para la obesidad y esto se conocía ya hace mucho tiempo. Los atletas griegos y romanos se untaban el cuerpo de aceite de oliva para mejorar el flujo sanguíneo y desarrollar más músculo.

En algunas partes del mundo, esto sigue ocurriendo hoy en día.

Cherry no pudo evitar imaginarse el magnífico cuerpo de Vittorio untado de aceite. Tragó saliva.

–Por supuesto, hoy en día el aceite no solo se utiliza para cocinar, sino también para preparar jabón y cosméticos. En esto, la región de Puglia destaca. Nuestro aceite es virgen extra, es decir de la mejor calidad. Tiene menos de un uno por ciento de acidez y un hermoso tono dorado. El color del sol. Creo que te estoy aburriendo. Esto podría no tener interés alguno para ti, Cherry.

–Al contrario –replicó ella–. Me resulta muy interesante pensar que una industria que empezó hace miles de años sigue siendo tan pujante y que, incluso, tiene más éxito que antes. Incluso yo sé que el aceite de Puglia es mejor de lo que yo suelo consumir en Inglaterra. Antes de venir a Italia, ni se me habría ocurrido que podría disfrutar del pan mojado en aceite para almorzar y ahora me encanta.

–Sí y además es muy saludable. Hacemos buenos *bambini* nosotros los italianos. Y disfrutamos de la vida.

Cherry prefirió no dejar que sus pensamientos se dirigieran en aquella dirección. Afortunadamente, estaban llegando ya a la fábrica, por lo que ella suspiró aliviada.

El capataz de Vittorio los recibió a la puerta. Se llamaba Federico y era primo de Vittorio. Parecía que todos los empleados de la fábrica, una docena aproximadamente, eran todos familia. Cuando Vittorio desapareció en el despacho, Federico le mostró a Cherry la fábrica. Las prensas tradicionales habían sido sustituidas por maquinaria más moderna, pero el proceso seguía siendo básicamente idéntico. Primero se cosechaba la aceituna y luego, se aplastaban hasta hacer una pasta. Esta se removía a continuación vigorosamente antes de que se extrajera el aceite.

—Todo debe hacerse con amor —dijo Federico con una sonrisa—. Así se hace el mejor aceite de oliva.

Cherry sonrió y los dos regresaron juntos al lugar donde les esperaba Vittorio. Estaba al pie de las escaleras que conducían al despacho, con las manos en los bolsillos y la mirada prendada en el rostro de Cherry.

Federico sonrió a su primo en cuanto llegaron a su lado.

—Esta mujer no es tan solo una cara bonita —dijo—. Cherry me ha hecho preguntas que denotan inteligencia.

—Me alegra de que estés de acuerdo —replicó Vittorio—. He firmado los documentos que me dejaste encima del escritorio y los papeles para el siguiente envío. ¿No hay nada más de importancia? En ese caso —añadió cuando Federico negó con la cabeza—, te veré mañana.

—¿Tan pronto te vas a llevar a Cherry? —protestó Federico.

—Cherry —le dijo Vittorio a ella—, este hombre tiene mujer y un montón de hijos. No te dejes engatusar por ese pico de oro que tiene. Es un verdadero casanova.

Dejaron a Federico aún protestando y se dirigieron al Range Rover. Ya en el interior, Vittorio se giró para mirarla.

—No hay prisa por regresar —dijo. Entonces, observó el cabello de Cherry—. Tiene tantos colores cuando se refleja la luz en él. Rojo, oro... como las llamas del fuego. Brilla como la seda al sol. Es un delito aprisionar tanta belleza.

Cherry sintió que los dedos de Vittorio le soltaban el clip con el que se había recogido el cabello. Este le cayó sobre los hombros.

—No hagas eso. Hoy hace demasiado calor para llevarlo suelto.

—¿Es esa la única razón por la que me ocultas tanta belleza?

Cherry lo miró fijamente mientras se preguntaba si se estaba burlando de ella. Era una mujer corriente. Cuando se tomaba el tiempo de vestirse bien y arreglarse, podía resultar incluso atractiva, pero nada más. Nunca se había hecho ilusiones sobre sí misma y, si se las hubiera hecho, su madre y Angela se habrían encargado de hacerle ver la realidad hacía años.

—Mi cabello no tiene nada de especial. Y cómo lo lleve no tiene absolutamente nada que ver contigo.

—¿Te has mostrado siempre tan defensiva o es una barrera que has levantado desde que el amor te desilusionó? Una vez más, no niegues que no hay un hombre tras tu estancia en mi país. Sophia me lo ha contado. No me dijo nada más —añadió, al ver el dolor reflejado en el rostro de Cherry—. Sin detalles. Y ella me contó eso solo porque le preocupaba de que yo metiera la pata de algún modo.

—Evidentemente, tu hermana no te conoce tan bien como cree conocerte si piensa que algo tan insignificante como saber que alguien ha sufrido te impediría a ti meterte donde ni los ángeles osarían meterse —replicó ella.

–Te aseguro que yo no soy un ángel, *mia piccola* –afirmó mientras metía el clip en uno de los compartimientos laterales del vehículo–. Un hombre que es lo suficientemente estúpido como para dejarte escapar no te merece en modo alguno. Ahora, voy a llevarte a almorzar a Locorotondo y, después, iremos a visitar la catedral. Estoy seguro de que Sophia estará durmiendo gran parte del día. Ahora que el secreto que le preocupaba ha visto la luz, se siente más tranquila, creo. Sin embargo, mañana tendrá que empezar a considerar todos los preparativos para la boda y te necesitará.

–No tengo intención alguna de almorzar contigo. Accedí a quedarme para ayudar a Sophia.

–Lo que no dudo que harás admirablemente –comentó él mientras arrancaba el motor–. Sin embargo, hoy te mostraré Locorotondo, la *città del vino bianco,* antes de que dejes de ser una turista y te conviertas en la ayudante de Sophia. Será un interludio agradable y relajante antes de que comience el trabajo duro.

No. No tendría nada de relajante ni agradable. Cherry prefería regresar a la casa y pasar el tiempo junto a la piscina con un libro por compañía. Abrió la boca para negarse, pero volvió a cerrarla. Él había tomado una decisión y, aunque no hacía mucho que lo conocía, sabía que no iba a conseguir que él cambiara de opinión. No le quedaba más remedio que acompañarle.

Eso no estaría mal si una parte de ella no lo deseara desesperadamente, lo que resultaba muy peligroso. Vittorio debía de tener muchas mujeres a su disposición. Tenía experiencia y carisma. Si el amor se presentaba alguna vez en su vida, la mujer que lo conquistaría sería muy especial. Como él.

Sus pensamientos la alarmaron. ¿Por qué estaba pensando en el amor? Las mejillas se le ruborizaron. Gracias a Dios, Vittorio no era capaz de leer el pensamiento. Tenía que recuperar la compostura. La atracción sexual que sentía hacia él era controlable. Cuando terminaran aquellas pocas semanas y Sophia estuviera más tranquila, la vida seguiría para Vittorio y su hermana y seguramente ni siquiera pensarían en ella cuando Cherry hubiera desaparecido de sus vidas. Vittorio era un hombre. Podía acostarse con una mujer e ir a por otra sin ninguna dificultad. Así eran las cosas. Tenía que recordarlo. No podía olvidarlo nunca.

Capítulo 7

CHERRY descubrió que uno de los encantos de Locorotondo era el trayecto a la ciudad. Para llegar a la localidad, atravesaron el valle d'Itria, un maravilloso paisaje de verdes viñedos y casas tradicionales. El dulce aroma de la hierbabuena que crecía a lo largo de la carretera llenaba el coche.

Vittorio le contó que el *spumante*, un vino blanco muy seco, era la especialidad de la zona, pero, cuando se acercaron a las afueras de la ciudad, Cherry pudo ver las cúpulas de la catedral y se dio cuenta de que era una ciudad increíblemente hermosa. Las casas eran blancas y se alineaban en estrechas callejuelas adornadas con geranios y naranjos y limoneros. Cuando Vittorio aparcó el Range Rover y recorrieron el resto del camino a la catedral a pie, Cherry quedó profundamente enamorada.

La catedral era tan magnífica como había esperado, pero cuando salieron de ella, Vittorio le tomó la mano. Ella se tropezó con los adoquines al sentir el contacto y lo único que pudo pensar a partir de entonces fue en el tacto de su piel. Vittorio no parecía sentir deseos de soltarla. Mientras caminaban, se sentía empequeñecida por la sólida masculinidad que emanaba de él. Se dijo que, durante un tiempo, disfrutaría con la sensación. No significaba nada, por lo que no había mal alguno en ello.

Encontraron una pequeña *trattoria*, un restaurante informal que servía platos sencillos de carne y pasta, y comieron en la terraza bajo una gran sombrilla. Mientras tomaban vino *spumante,* Cherry observaba a Vittorio de soslayo, incapaz de creer que estaba sentada disfrutando de una deliciosa comida con uno de los hombres más guapos que había visto en toda su vida. Esa era la clase de cosas que siempre les ocurría a otras personas, no a ella. No se podía decir que Puglia fuera una especie de lugar de vacaciones, en el que los romances estuvieran a la orden del día.

Se recordó que aquello no era un romance. Ni por asomo. Antes de marcharse de Inglaterra, había decidido que tardaría mucho tiempo en volver a cometer el error de volver a confiar en un hombre. Aquella había sido una de las razones por las que había emprendido aquel viaje. Había decidido sumergirse en los lugares históricos del pasado de países como Italia, Grecia o Turquía para olvidarse de las desilusiones del presente y de la incertidumbre del futuro. Sobre todo, su intención era mantenerse alejada de los hombres.

De repente, se dio cuenta de que Vittorio estaba mirándola muy fijamente. Había terminado su comida y la observaba con aire pensativo.

–Vuelves a pensar en ese hombre –afirmó–. Tienes la tristeza reflejada en el rostro.

–No estaba pensando en Liam, al menos no específicamente –dijo sin pensar.

–Liam... No me gusta ese nombre.

Era una frase tan ridícula que Cherry no pudo evitar sonreír.

–A pesar de lo que tú puedas pensar, ya no siento nada por él –afirmó–. Me ha servido de lección para saber que no hay que ser lo suficientemente tonta como para confiar en un hombre.

Vittorio terminó su vino antes de hablar.

–¿Y esta es la misma mujer que ayer me recriminó mis observaciones sobre el sexo femenino? ¡Qué hipocresía!

–En absoluto. Tú decías que a las mujeres solo les atrae la riqueza de un hombre en primer lugar y que, por lo tanto, se casan por dinero y eso no es cierto.

–Perdóname si lo entendí mal –comentó él–, pero ¿no acabas de condenar a los hombres por ser básicamente poco fiables? Hablando puramente por mí mismo, creo que es justo decir que no me conoces y no puedo comprender cómo puedes llegar a hacer una observación exacta de mi personalidad, por no mencionar la de millones de hombres a los que ni siquiera conoces. ¿No es cierto?

–Bueno –comentó ella. Se sentía furiosa porque él la hubiera dejado en evidencia tan hábilmente–. No entiendes lo que quise decir.

–¿No? Pero sí sé que ese hombre te defraudó de algún modo y me gustaría saber lo que ocurrió. Si puedes hablar al respecto, claro está –dijo él muy serio. Había algo en su voz, ternura tal vez, que la sorprendió y que cambió la naturaleza de la conversación.

–Ya te he dicho que me he olvidado de él.

–Pero aún hay tristeza e incluso desilusión. Tus propias palabras lo demuestran.

Cherry se encogió de hombros. Lo último que quería hacer era revelar lo fácilmente que Angela había atrapado a Liam entre sus garras. Sin embargo, si iba a quedarse allí algunas semanas, tal vez lo mejor era contarle la verdad. Al menos así, le convencería de que no tenía intención alguna de meterse en más líos y que cualquier clase de relación con él estaba descartada.

Mantuvo los ojos en la pared de la casa de enfrente y comenzó a hablar. Se lo contó todo. Parecía una tontería no hacerlo. No tardó mucho. Cuando terminó, siguió sin mirar a Vittorio a la cara. Tomó su copa de vino y dio un largo trago antes de mirarle a los ojos.

–He conocido mujeres como tu hermana –dijo él suavemente–. Solo una o dos. Depredadoras que no se sentían nunca satisfechas con lo que tenían. Me da la sensación de que Liam ha conseguido exactamente lo que se merece. Ella convertirá su vida en un infierno. ¿Lo sabes?

Cherry asintió. Claro que lo sabía. Había visto cómo ocurría antes. Sin embargo, lo más extraño de todo era que los hombres en cuestión seguían deseando a Angela a pesar de lo que hiciera. Era como si ella les inyectara alguna droga en el cuerpo y se quedaran adictos a ella desde el primer beso. Por lo que ella sabía, ni siquiera una de las conquistas de Angela la había dejado a ella. Siempre ocurría al revés.

–Esas personas son superficiales y sin fundamento –añadió Vittorio–. Son incapaces de sentir emociones e incapaces de experimentar satisfacción. La mala suerte ha querido que tú tengas una así como hermana. Terminan amargando la vida a todos los que entran en contacto con ellos. Sin embargo, su poder disminuirá cuando le demuestres que sabes lo que es y que ella ya no puede hacerte daño o ejercer influencia alguna sobre ti.

–Pero sí que puede hacerme daño –señaló Cherry–. Lo ha hecho a menudo.

–Solo porque tú se lo permites. Liam no era el hombre para ti o habría sido inmune a todas sus artes. El amor puede cortar el poder que esas personas ejercen como si fuera mantequilla. ¿Y tu madre? ¿Es una mujer feliz?

–No –admitió.

–Porque todo el tiempo está tratando de reconciliar lo que quiere que sea su hija con lo que sabe en lo más profundo de su corazón que en realidad es. Sin duda, tu hermana maneja a tu madre como quiere. Como te he dicho, estas personas siempre hacen que los que están cerca de ellos sufran de un modo u otro.

Cherry se terminó su vino justo cuando el camarero apareció con los cafés que Vittorio había pedido. Cuando volvieron a quedarse solos, él la miró con una sonrisa en los labios.

–¿Te estás preguntando cómo sé tanto sobre esa clase de personas, *mia piccola*? –le preguntó. Cherry asintió. Aquello era precisamente lo que había estado pensando–. Es porque me escapé de una por los pelos hace mucho tiempo. Durante un periodo, pensé que tenía el corazón roto. No lo estaba, por supuesto. Entonces, ocurrieron una serie de acontecimientos que me obligaron a reflexionar que una lengua que tiene la dulzura del néctar puede ser una trampa falta para la confiada abeja en vez de convertirse en una fuente de vida y alegría. En especial cuando esa lengua está en un hermoso rostro, que a su vez se ve acompañado por un cuerpo encantador.

¿Estaba hablando de Caterina, de quien Sophia le había hablado a Cherry? La mujer con la que había estado a punto de casarse cuando sus padres murieron y que después se había casado con uno de sus amigos. Estuvo a punto de preguntárselo, pero no tuvo valor para hacerlo. En vez de hacerlo, se tomó su café antes de cambiar de tema, tratando deliberadamente de romper lo que se había convertido en una conversación muy íntima.

—Por lo tanto, ahora vas de flor en flor, sin detenerte mucho demasiado tiempo.

—No exactamente.

Vittorio no ofreció más detalles y Cherry se sintió como una niña que había hablado sin que le dieran permiso.

La hora de la siesta se estaba acercando. El camarero no tardó en acercarse con su cuenta. Se marcharon de la pequeña *trattoria* y regresaron al coche. Aquella vez, Vittorio no le tomó la mano. Cherry se preguntó por qué se sentía a la deriva. Se dijo que no tenía que ser tan tonta, al tiempo que se recriminaba haber aceptado quedarse en la casa de los Carella. Había tomado algunas malas decisiones en su vida, pero aquella tenía que ser la peor.

Cuando estuvieron en el interior del vehículo, Vittorio se volvió para mirarla.

—No conozco a tu hermana, *mia piccola,* pero, si de algo estoy seguro, es de que no tiene la belleza de su hermana. A pesar de que estés convencida de lo contrario, tú eres hermosa –dijo. Se inclinó sobre ella, le levantó la barbilla con un dedo y le dio un suave beso, deslizando los labios suavemente por encima de los de ella antes de acomodarse en el asiento y arrancar el motor.

Aunque hubiera querido, Cherry no habría podido moverse. Cerró los ojos un instante y deseó poder fingir que no había ocurrido nada. No quería sentirse atraída por aquel misterioso y volátil desconocido, que, poco a poco, iba dejando de serlo.

No podía dejarse llevar por aquel camino. Vittorio vivía en un mundo y ella en otro. Él tenía magnetismo y ella era tan solo Cherry Gibbs de Inglaterra. Nada especial. Incluso en el caso de que empezaran algo, ella tan solo sería una más para él. Mientras que para ella...

–Estás muy callada.

–Estaba pensando en Sophia –mintió–. Espero que se sienta mejor.

–Estará bien. Después de todo, ya tiene lo que quería. Ser la esposa de Santo. No le importa el revuelto que su determinación haya causado.

–Eres un poco duro.

–No. Es la verdad. La fuerza de los Carella en acción. Siempre conseguimos lo que queremos.

–Tú eres un Carella. ¿También tú consigues siempre lo que deseas?

–Siempre –afirmó él con una sonrisa.

–Entonces, está bien para ti, pero no para Sophia porque ella es una mujer –comentó ella con más acidez de la que sentía.

–Para mí está bien porque soy un hombre adulto que puede controlar sus sentimientos y traer sentido y razón a cualquier situación –afirmó Vittorio con inconfundible arrogancia–. Sophia todavía no puede. En ciertas ocasiones, es capaz de comportarse como una niña mimada.

–Entonces, ¿nunca dejas que el corazón sea quien mande sobre la cabeza? Me parece muy triste.

Vittorio detuvo el coche una plaza, que estaba desierta bajo el tórrido sol de la sobremesa. Apagó el motor y la tomó entre sus brazos mientras le daba un apasionado beso. Como había ocurrido el momento en la piscina, Cherry ni siquiera pensó en oponerse. Más bien, saboreó la cercanía. El cuerpo de Vittorio era fuerte, sólido, tan embriagador como el aura de masculinidad que lo rodeaba. El calor que emanaba de él la envolvía de tal manera que a ella le parecía que eran las dos únicas personas del mundo.

A medida que el beso se fue profundizando, la boca de Cherry se abrió de buen grado bajo la de él y los brazos le rodeaban los hombros. Le enredó los dedos en el cabello y comprendió que él estaba muy excitado. El hecho de saberlo prendió un deseo más poderoso que nada de lo que ella hubiera sentido antes.

No supo cuánto tiempo duró el beso. Las manos de Vittorio le acariciaban el cuerpo y, aunque sabía que debería detenerlo, la necesidad que sentía de él era más fuerte que su propia fuerza de voluntad, más fuerte que la razón.

Fue el sonido del claxon del coche cuando Vittorio cambió de postura lo que rompió el hechizo. Él lanzó una maldición en italiano antes de musitar:

–Esto es ridículo. No he hecho el amor a una chica desde que tenía dieciséis años y tomé prestado el Ferrari de mi padre con esa intención. Era incómodo entonces y lo es ahora. Esto es lo que pasa cuando se deja que el corazón mande sobre la cabeza, *mia piccola*.

Cherry lo miró fijamente. Trataba de centrarse para poder superar lo ocurrido. Besándose en el coche con un hombre. Ya se imaginaba lo que diría su madre...

Vittorio se acomodó en su asiento antes de tomarle la mano a Cherry y llevársela a los labios. Le besó la parte más carnosa de la palma y luego dejó que la punta de la lengua acariciara la delicada y sensible piel del interior de la muñeca.

Cherry se echó a temblar sin poder contenerse. Al final, el sentido común se impuso.

–No, te lo ruego. Lo que te dije ayer lo decía en serio. No estoy buscando un romance de vacaciones.

–Lo sé, pero un beso no es un romance, *mia piccola*. Con eso, no quiero decir que no te quiera en mi cama, Cherry. Te deseo y mucho. Sin embargo, aunque no me lo hubieras dejado muy claro, yo habría sabido que tú no eres el tipo de mujer que se deja llevar por relaciones superficiales. Algunas mujeres pueden disfrutar de la intimidad y seguir adelante sin arrepentimiento alguno cuando todo termina. Sin embargo, sé que tú no eres así. Por eso te has estado enfrentando a la atracción sexual que existe entre nosotros y que ha existido desde que nos encontramos ayer en la carretera. Lo sabes tan bien como yo. Es inútil fingir.

Cherry sabía que era cierto, pero prefería andar descalza sobre brasas ardiendo antes de admitirlo.

–En realidad, sé que esto te va a sorprender mucho, pero no todas las mujeres del mundo estarían dispuestas a matar por tu cuerpo.

Vittorio sonrió.

–Por supuesto que lo sé –dijo–, pero tú sí me deseas.

–En tus sueños –insistió ella, a pesar de que sabía que era imposible negarlo.

La sonrisa de Vittorio se hizo aún más amplia.

–Te tuve en mis sueños anoche y, por muy agradable que fue, no es como lo de verdad, pero estás aquí para ayudar a Sophia. Lo sé. Meterme en la cama contigo solo conseguiría complicar más las cosas y sé además que aún no estás lista para ese paso. Tanto si es por ese tal Liam –comentó, mientras pronunciaba el nombre con desprecio–, como si es porque necesitas conocerme mejor, eso no importa. Baste decir que comprendo que nos tenemos que tomar lo nuestro con calma.

–No hay «lo nuestro» –replicó ella, aunque sabiendo que era mentira.

Vittorio también lo sabía porque se echó a reír. La corriente de atracción mutua que fluía entre ellos era palpable y, desgraciadamente, innegable.

–Haremos un trato, ¿te parece? Yo me comportaré y te trataré como lo haría mi anciana abuela mientras estés ayudando a Sophia con los preparativos para la boda. Nada de seducción ni de besos, ¿de acuerdo? Sin embargo, me permitirás que te enseñe mi hermoso país mientras estás aquí. No puedes trabajar todo el tiempo. Te lo prohíbo. Seremos amigos. ¿Te parece bien?

Cherry se preguntó cómo una mujer podría ser solo amiga de Vittorio. Sabía que ella no podría. Sin embargo, siempre y cuando él no supiera este detalle... Aunque lo dudaba, asintió.

–Ay, Cherry, tienes un rostro de lo más italiano. Todos sus pensamientos y sentimientos se te reflejan en el rostro.

A ella no le gustó eso. Le hacía sentirse vulnerable.

–El italiano eres tú y me parece que no resulta fácil leer tus sentimientos. De hecho, eres como un libro cerrado. Por lo tanto, no creo que esa observación sea válida.

–Yo no soy solo italiano. Soy además un Carella –dijo–. Las reglas normales no se aplican en mi caso.

Cherry abrió la boca para protestar. Entonces, vio cómo le brillaban los ojos a Vittorio y la volvió a cerrar. Mientras Vittorio arrancaba de nuevo el Range Rover, pensó que tal vez él podría haber estado bromeando. Sin embargo, muchas veces se dice de broma lo que se quiere decir en serio.

Capítulo 8

CUANDO Cherry se paraba a pensar en las semanas que siguieron, pensó que parecían una montaña rusa.

Las náuseas matutinas de Sophia pasaron muy pronto a tener lugar durante todo el día. Se levantaba tarde y se iba a la cama temprano, completamente agotada. Por lo tanto, la realización de las ideas que Sophia tenía para la boda dependía de Cherry para hacerse realidad. Afortunadamente, todas eran bastante sencillas. La boda iba a tener lugar en la espléndida iglesia del pueblo más cercano y el banquete se celebraría en los jardines de la casa. Habría una gran fiesta, baile y un tiovivo para los niños.

Cherry descubrió que la región de Puglia era muy tradicional. La prevalencia del catolicismo en el país suponía que hasta el pueblo más pequeño tuviera una iglesia espectacular e incluso una catedral. La iglesia en la que Sophia iba a casarse no era excepción. Era muy bonita y Vittorio le había entregado un cheque en blanco para la boda, por lo que el interior se iba a llenar de flores.

Sophia iba a llevar el vestido de novia de su madre, que se había conservado con mucho cuidado y que le iría bien sin demasiados arreglos. Los hijos de las hermanas de Santo serían las damas de honor y los pajes, trece en total. Todos irían vestidos por una de las tiendas de más renombre de la ciudad de Bari, una vez más cortesía de la chequera de Vittorio.

Resultaba difícil organizarlo todo, pero el hecho de tener dinero ilimitado terminaba con cualquier dificultad y le dejaba más tiempo libre de lo que había imaginado en un momento. Esos momentos, los aprovechaba Vittorio para mostrarle su país y las costumbres del mismo.

Cherry había conocido a Santo y a sus padres el día después de que Vittorio la llevara a Locorotondo y sintió una inmediata simpatía hacia ellos. Santo era muy callado, pero evidentemente estaba muy enamorado de Sophia. Los padres eran mayores de lo que Cherry había imaginado. Su padre tenía el cabello blanco y el rostro curtido y la madre era menuda y regordeta, con una cálida y maravillosa sonrisa.

También le presentaron a las hermanas de Santo cuando Vittorio la llevó a Bari para que comprara los vestidos para los niños. Vittorio los invitó a todos a almorzar. Aunque la conversación resultó difícil porque ninguna de ellas hablaba inglés, todas se mostraron muy amistosas y amables.

Vittorio había contratado una empresa de restauración para la boda. Margherita se hizo cargo de realizar la selección para el menú y de supervisar al equipo, algo por lo que Cherry le estuvo muy agradecida. La boda iba a celebrarse por la mañana y el banquete duraría hasta bien entrada la madrugada siguiente. Cherry había tenido miedo de no organizar suficiente comida y bebida para unos trescientos invitados.

Al final de la primera semana en la casa de los Carella, estaba sentada un día junto a la piscina mientras comprobaba el largo listado de las cosas que aún tenía que hacer y de las que ya estaban en marcha. Aún le quedaban muchos detalles que preparar, pero había empezado muy bien. Se tumbó sobre la hamaca y cerró los ojos. Inmediatamente, empezó a pensar en Vittorio.

Aparte de la salida a Bari, él había insistido en llevarla a pasar el día a Trani, una ciudad costera cerca de Bari. Recorrieron el centro de la ciudad, visitaron la catedral y luego comieron en un restaurante que había en el paseo marítimo. Vittorio se mostró como el perfecto compañero de cena: divertido, atento y hablador.

De repente, ella comprendió lo que él había estado haciendo. Había estado seduciéndola, derribando sus defensas y metiéndose en el corazón de Cherry y lo había conseguido.

Se marcharon del restaurante cuando ya era de noche. Cherry pensó que él iba a tomarla entre sus brazos en cuanto llegaran a la intimidad del coche. No fue así. Cuando llegaron a la casa, le preguntó si quería un café o una copa antes de irse a la cama. Cuando ella respondió que no, le deseó buenas noches, le besó la mano y observó cómo ella subía las escaleras hacia el solitario dormitorio.

Tenía que dejar de pensar en aquellas cosa. Le había dicho que no estaba buscando nada romántico. Y eso era lo mejor. Cada día demostraba que se sentía más atraída por él. Vittorio era un hombre muy masculino, fuerte y seguro de sí mismo, pero al mismo tiempo poseía una tierna sensibilidad que ella había notado en más de una ocasión. Era precisamente ese lado más dulce el que más seductor le resultaba.

En el jardín de los Carella reinaba la paz, pero ella no se sentía tranquila por dentro. No creía que volvería a conocer un momento de paz hasta que no estuviera lejos de aquella casa. De Vittorio, para ser exactos.

Se estaba enamorando de él y no había nada que pudiera hacer al respecto. En realidad, se había enamorado de él en el momento en el que lo vio. Se había olvidado de Liam sin demasiados problemas, pero Vittorio no era la clase de hombre que una mujer podía olvidar fácilmente.

Él estaba buscando tan solo una breve aventura, una placentera intimidad que sería un cálido recuerdo cuando todo hubiera terminado. Cherry lo comprendía, pero para ella no sería igual. Por eso, sabía que tenía que distanciarse de él. Cuidar de sí misma.

Esto se había demostrado precisamente el día anterior. Había estado deseando que él tomara la iniciativa cuando se marcharon del *ristorante*, temblando al saber que él la besaría, lo que era estúpido y patético. Demonios, ¿cómo se había metido en aquel lío?

Debía de haberse quedado dormida, porque cuando el tintineo de los vasos la despertó, tenía un sueño tan íntimo que resultaba casi pornográfico. Abrió los ojos y vio a Vittorio, que estaba colocando cuidadosamente una bandeja con una coctelera y dos copas sobre la mesa que había junto a la hamaca. Volvía a llevar puesto su minúsculo traje de baño.

–¿Te he despertado? –le preguntó él suavemente.

–No –mintió ella. Estaba tratando de no mirarle–. Simplemente tenía los ojos cerrados.

Vittorio asintió y se sentó en la hamaca que quedaba junto a la de ella. Entonces, sirvió en las copas un cóctel rosado.

–¿Qué es? –quiso saber Cherry mientras se incorporaba en la silla.

–Una bebida.

–Ya sabes a lo que me refiero. ¿Es otra de tus creaciones?

–Esta no es nada más que champán rosado con un chorro de angostura y un terroncito de azúcar. Podría servir este cóctel cuando todo el mundo regrese a la casa después de la boda y me gustaría tener tu opinión.

Cherry dio un sorbito. Estaba delicioso, como todos los cócteles de Vittorio.

–Sabe muy bien. ¿Cómo se llama?

–¿Qué te parece «Seducción a escondidas»?

–No puedes hacer eso. Sophia no te lo perdonaría.

–En ese caso, *mia piccola,* ponle tú el nombre.

Cherry estuvo pensando durante unos instantes.

–«Celebración».

–Muy aburrido.

–Lo siento. Me has pedido mi opinión.

–Sí, es cierto. Está bien, Cherry. El cóctel de Sophia se llamará «Celebración». Ahora, termínate el tuyo y te serviré otro. Tal vez después de que te hayas tomado dos prefieras mi nombre.

–No, gracias. Uno es más que suficiente. Tengo que mantener la cabeza clara. Aún me quedan muchas cosas que hacer para la boda y...

–Tienes que divertirte también. Esto era parte del trato, ¿verdad? Así que nos sentaremos y nos tomaremos un cóctel mientras vemos cómo se pone el sol. Después, te llevaré a cenar. Conozco un lugar donde la comida es buena y la música incluso mejor. Un amigo haciendo que otro se lo pase bien. Eso es todo.

–Creo que no, Vittorio...

–Sí. Yo creo que sí. Cenaremos, bailaremos y nos olvidaremos de la boda durante un tiempo. Mañana, estarás más que fresca para volver a trabajar.

No había nada que más apeteciera a Cherry que pasar la tarde con él y precisamente esa era la razón por la cual no debía hacerlo.

–Dijimos que...

–Estoy siendo muy bueno. No estoy tratando de seducirte, que sería precisamente lo que me gustaría. Estoy manteniendo mi promesa, así que esta es mi recompensa. Pasaremos la tarde juntos, lejos de listas, planes y horarios. ¿De acuerdo?

Cherry se podría haber resistido si él no se hubiera inclinado sobre ella y le hubiera agarrado la mano que tenía libre para luego llevársela a los labios y darle un beso en la muñeca. En ese momento, mientras observaba la oscura cabeza, ella supo que estaba perdida.

Vittorio volvió a sentarse en su hamaca y le soltó los dedos.

–¿De acuerdo? –insistió.

Cherry asintió débilmente. Ese no era el modo de tratar con alguien como Vittorio, lo sabía. El problema era cómo se trataba con un hombre tan sexy e irresistible.

Capítulo 9

UN PAR de horas más tarde, Cherry estaba mirándose desesperadamente en el espejo de su dormitorio. Mientras estaban comprando los trajes de las damas de honor y de los pajes en Bari había aprovechado la oportunidad para comprarse dos nuevos vestidos para no tener que seguir alternando los dos que se había llevado desde Inglaterra. Desgraciadamente, no estaba segura de haber escogido bien.

El vestido de punto color melocotón le había parecido perfecto en la tienda, pero al vérselo en su habitación se preguntaba si el escote era demasiado pronunciado y la tela demasiado fina. Su otra adquisición, un vestido de gasa rojo, parecía ser de las prendas que una mujer se pone cuando quiere llamar la atención. No quería que Vittorio se pensara que se estaba esforzando demasiado.

Se sentó en la cama. Aquellos dos vestidos no eran la clase de ropa que ella solía comprar, pero en la tienda le habían parecido adecuados. Seguramente lo era, aunque no para ella. Todo había que decir que, en los últimos días, ya no sabía muy bien quién era. Las emociones y los sentimientos que se habían apoderado de ella distaban mucho de pertenecer a la persona que ella pensaba que era.

Alguien llamó a la puerta de su dormitorio. Era Sophia.

—Estás preciosa —le dijo al verla—. Ese vestido es perfecto para ti.

—¿De verdad lo piensas? —le preguntó Cherry mientras se miraba ansiosamente en el espejo—. Yo no estoy tan segura.

—Claro que lo es. Tal vez tu cabello... Ya lo sé. Espera.

Mientras Sophia iba a buscar algo, Cherry centró su atención en el cabello. ¿Qué le pasaba? Se lo había recogido sobre la nunca porque le parecía que el elegante vestido se merecía un estilo más sofisticado.

Sophia regresó con una caja de horquillas y varios clips de cristal.

—Siéntate —le dijo a Cherry, indicándole que tomara asiento frente al tocador. Entonces, le quitó el clip que ella se había puesto—. Me gusta jugar con los peinados. Solía hacer lo mismo con mis muñecas cuando era una niña.

Genial. Cherry prefirió cerrar los ojos y dejarse llevar. Sabía que toda protesta sería inútil. Después de unos minutos, Sophia le dijo:

—Ya puedes abrir los ojos y ver que tu cabello se ha convertido en el nido de un pájaro.

Por supuesto, era una broma. De hecho, Cherry no se podía creer lo que Sophia había conseguido en tan corto periodo de tiempo. Le había hecho un semirrecogido que enfatizaba su esbelto cuello sin resultar demasiado formal. Después, le había colocado hábilmente los clips de cristal. Era la clase de peinado que Cherry había visto en las revistas y que siempre había pensado que se tardaría horas en realizar. Sin embargo, Sophia había conseguido la transformación en minutos.

–Es maravilloso –dijo. Entonces, se giró sobre el taburete y sonrió–. Eres maravillosa.

–No. Creo que la maravillosa eres tú por quedarte conmigo y ayudarme con la boda. Sé que Vittorio piensa lo mismo, aunque, siendo hombre, seguramente no va a decir nada. Ahora, ve y diviértete –añadió mientras le tomaba las manos y la ayudaba a levantarse.

Cherry se sentía muy tímida. Salió del dormitorio detrás de Sophia y bajó las escaleras. Vittorio ya la estaba esperando en el vestíbulo. Él también se había puesto muy elegante, con un traje oscuro y corbata. Se acercó al pie de la escalera para reunirse con ella.

–Estás muy hermosa, *mia piccola*. Me siento honrado de poder acompañarte esta tarde.

–Gracias –susurró ella, con una radiante sonrisa. Entonces, se volvió a Sophia y le dio un abrazo–. Hasta mañana.

–*Arrivederci* y recuerda que tienes que divertirte.

Cuando estuvieron en el Ferrari, Cherry se volvió a mirar a Vittorio mientras él arrancaba el motor y ponía en movimiento el coche.

–¿Adónde vamos?

–No demasiado lejos. Tengo un amigo que es dueño de un club nocturno en Altamura, que es una ciudad que está a unos quince kilómetros de aquí.

–Creo que he oído hablar de ella. ¿No es allí donde descubrieron recientemente un hombre prehistórico en una cueva que tenía unos cuatro mil años de antigüedad, al igual que varios megalitos? –preguntó Cherry muy interesada. Había sido uno de los sitios que esperaba ver cuando empezó a visitar la región.

–*Uomo di* Altamura. Efectivamente. Sin embargo, esta noche no vamos a visitar la cueva. Tal vez en otra ocasión.

–Me gustaría

–Entonces, ya tenemos otra cita. Altamura, como gran parte de Italia, ha vivido muchas vidas y ha muerto muchas muertes. Primero estuvo dominada por una cultura y después por otra. Se derramó allí mucha sangre. Sin embargo, es precisamente esto lo que le da a mi país su diversidad y su amor por la independencia. Por lo tanto, me parece que no es algo malo.

Cherry no podía apartar la mirada de su autocrático perfil.

–Amas a este país, ¿verdad?

–Es mi sangre, mis huesos, mi corazón, pero supongo que ocurre así con las personas de todas las naciones, ¿verdad?

–No lo creo. Tal vez fue así en su momento, pero ahora no. La sociedad moderna parece decidida a desgarrarse a otros, por lo que a mí me parece. Nunca está satisfecha con los políticos o con el estilo de vida. Siempre quiere más, sea cual sea el coste que esto suponga a la comunidad o a la vida familiar.

–En Puglia no es así.

Cherry estaba de acuerdo con él. El lento ritmo y el ambiente somnoliento de la ciudad eran maravillosos. Ella se había percatado de esto a los pocos días de estar en la región. Le había resultado muy claro que los italianos de aquella parte del mundo trabajaban para vivir en vez de al revés. Su modo de vida era relajada, social y sería un ambiente perfecto para criar niños.

Decidió apartar su pensamiento de ese camino y se puso a mirar por la ventana. La tarde era fantástica. El trayecto se estaba efectuando entre los olivares y los viñedos, acompañados también de cuando en cuando por otros árboles, como cerezos, almendros y nogales. El paisaje era pacífico y sereno y el aire más suave, más apacible, después de que fiero calor del día hubiera ya pasado.

No quería abandonar aquella parte del mundo. Y tampoco quería abandonar a Vittorio.

–Estás muy callada –dijo él de repente, sacándola de sus pensamientos–. No se me ha olvidado nuestro acuerdo, si es eso lo que te preocupa.

–No estoy preocupada. Simplemente estoy admirando la vista.

–Me gusta eso. Quiero que aprecies la belleza de mi país y que, a partir de ahora, te olvides de todo lo que no sea italiano.

Cherry lo miró para ver si estaba bromeando, pero el hermoso rostro de Vittorio estaba completamente serio.

–Eso no sería muy práctico. Al final voy a terminar volviendo a mi casa.

–¿Por qué? ¿Para ver cómo tu hermana sigue arruinando más vidas? No creo que desees eso. ¿Lo deseas, Cherry?

–Normalmente no tengo mucha relación con mi madre o con Angela.

–Entonces, ¿no tienes nada que te ate a Inglaterra?

Eso no era precisamente lo que Cherry había querido decir.

–Tengo amigas, tías, tíos, primos... ¿Te parece bien?

–¿No tienes abuelos? ¿Nadie verdaderamente cercano a ti?

–No. Ahora no. ¿Satisfecho?

–¿Y ves a esas amigas y a esos familiares con frecuencia?

–¿Se trata de un interrogatorio?

–¿Es eso lo que te parece?

–Por favor, deja de responder una pregunta con otra.

–¿Es eso lo que estoy haciendo? –preguntó. Entonces, se echó a reír–. Sí. Ya veo a lo que te refieres. Te pido perdón. Me gustaría saber más sobre ti, eso es todo. Me siento en desventaja. Tú estás viviendo en mi casa, eres amiga de mi hermana, sabes mucho sobre mí y sobre la vida que llevo...

Cherry lo miró con incredulidad. No sabía nada sobre él, al menos nada verdaderamente importante. Tan solo algunos detalles sobre su vida amorosa. Sin embargo, hasta lo poco que sabía sobre Caterina se lo había contado Sophi. Él no le había contado ningún detalle. Nada.

–¿Acaso no estás de acuerdo?

Ella se encogió de hombros. No iba a humillarse preguntándole sobre otras mujeres.

–Creo que eres una persona muy reservada, que solo deja que las personas vean lo que tú quieres que vean.

–¿Acaso crees que tengo secretos? ¿Es eso lo que estás diciendo?

—Secretos exactamente, no. Como te dije antes, eres como un libro cerrado. Eso es todo.

—Yo no creo que eso sea así.

—En ese caso, tendremos que asumir que no vamos a estar de acuerdo en este asunto –dijo Cherry con firmeza.

Realizaron el resto del trayecto a Altamura en silencio. Cherry siguió observando el paisaje, aunque este ya había perdido interés para ella. El modo en el que la conversación se había desarrollado le había hecho sentirse tensa e incómoda y le había arrebatado la anticipación de la tarde. Se sentía desinflada y triste.

La ciudad estaba en plena ebullición cuando llegaron. Familias enteras cenaban en los restaurantes y paseaban por las calles. Cuando Vittorio aparcó el Ferrari, no hizo ademán alguno de salir para abrirle la puerta. Se volvió a ella y le dijo:

—Llevo cuidando de Sophia mucho tiempo. Después de la muerte de nuestros padres, era importante darle estabilidad y seguridad, ¿lo comprendes? Tenía que intentar ser el padre y la padre que ella habría tenido a su lado. Creo que esa podría ser la razón por la que me he convertido en un libro cerrado, tal y como tú dices. Sin embargo, no es intencionado. Estuve comprometido con una italiana. Era la hija de unos amigos de mis padres. Las cosas no salieron bien y, desde ese momento, no he llevado a ninguna mujer a la casa por el bien de Sophia. Con esto no quiero decir que no haya tenido una vida socialmente activa, pero no he estado acostumbrado a compartir mis sentimientos con nadie. Mis relaciones han sido... transitorias.

Cherry escuchaba atentamente. Casi tenía miedo hasta de respirar.

–No quería pedirte nada que tú no estuvieras dispuesta a dar. Siento que no debería haber secretos entre amigos.

Amigos. Aquello era precisamente en lo que ella había insistido. Cherry permaneció en silencio, tratando de reconciliar lo que estaba escuchando con el Vittorio que se había creado en su mente y fracasando estrepitosamente en su intento.

–Quería que esta noche fuera agradable. Quería darte las gracias por todo lo que has trabajado hasta ahora y por quitarle todas las preocupaciones a Sophia con más éxito del que yo había imaginado. Te estoy muy agradecido, Cherry. Quiero que lo sepas.

Cherry no quería gratitud. Quería... Cerró la puerta a esos pensamientos.

–Te lo agradezco mucho, pero no tienes que hacer este tipo de cosas para mostrarme gratitud. Además, te recuerdo que me alojo en tu hermoso hogar y que me lo estoy pasando estupendamente.

–Esta noche no tengo que acompañarte, sino que quiero hacerlo. No lo siento como una obligación.

Entonces, inclinó la cabeza rápidamente y la besó antes de que ella se diera cuenta de sus intenciones. Un beso duro, hambriento, pero que, a pesar de todo, terminó en un minuto.

Sin embargo, todo cambió de nuevo. La noche volvió a hacerse mágica. Él abrió la puerta del coche y lo rodeó para abrirle la puerta a ella. Aquella vez, Cherry se negó a reconocer la lucecita de advertencia que brillaba en su mente y que, de repente, se había puesto roja.

Capítulo 10

SU MESA para dos estaba situada en el mejor lugar, al borde de la pista de baile. El club nocturno estaba abarrotado y, evidentemente, era muy popular, pero, a los pocos minutos de su llegada, tenían ya una botella de champán junto a la mesa. Domenico, el amigo de Vittorio, fue a saludarles efusivamente y a servirles el champán.

Después de las presentaciones, Domenico sonrió a Cherry.

–He oído hablar mucho de ti –afirmó con gesto dramático–. Tú estás ayudando a Sophia, ¿verdad? Sophia... se parece tanto a su madre en el físico, pero tiene el espíritu de su padre. ¿A que llevo razón, Vittorio?

–Desgraciadamente, sí –dijo él.

–Y ese Santo es un buen chico –comentó Domenico, que, evidentemente, conocía todos los detalles de lo ocurrido–. ¿Tú también lo crees, Cherry? ¿Crees que cuidará bien de Sophia?

–Sí –dijo Cherry, sorprendida de que Domenico valorara tanto su opinión–. Santo es un buen chico. Estoy segura de que serán muy felices juntos.

–Muy bien. No me gustaría que a mi viejo amigo le salieran canas antes de tiempo, ¿eh, Vittorio? Él ha sido el mejor hermano que una chica pueda tener

–añadió mirando de nuevo a Cherry–, pero ahora tiene que encontrar una buena mujer y tener muchos *bambini* que lo tengan ocupado. ¿Qué dices tú, Cherry?

–Dice que no cree que mi vida privada sea de tu interés –le espetó Vittorio–. Tú cuida de Maria y de tus propios *bambini* y déjame a mí que me ocupe de mi propia vida.

Domenico sonrió. Evidentemente no se había sentido ofendido.

–Hablando de lo cual, vamos a tener un nuevo miembro después de Navidad.

–¿Otro? –replicó Vittorio. Entonces, se puso de pie y abrazó a su amigo antes de explicar la situación a Cherry–. Ese será el *bambino* número siete. Me sorprende que Maria no haya insistido en dormir en habitaciones separadas antes de esto.

–Es Maria la que está buscando la niña –protestó Domenico–. Lleva tres embarazos con el nombre elegido. Crista Maria. Será muy hermosa.

–¿Tienes seis chicos? –preguntó Cherry asombrada.

–Sí –respondió Domenico muy orgulloso–. ¿Te gustan los niños, Cherry?

Ella asintió.

–En ese caso, Vittorio debe traerte para que los conozcas muy pronto. Maria estará encantada de conocerte.

Cherry sonrió y asintió, pero, una vez más, no dijo nada. Estaba empezando a preguntarse si el amigo de Vittorio se había equivocado sobre ella y sobre su relación con su carismático dueño.

Después de charlar un rato más, Domenico se marchó. Vittorio se inclinó sobre ella y le tocó la mano.

–No quiere decir nada. Es un buen amigo. Eso es todo. No te preocupes, Cherry.

Ella no estaba preocupada. De hecho, había estado deseando que las cosas fueran diferentes: que aquella fuera una cita de verdad, que ella fuera la clase de mujer con la que Vittorio pudiera terminar casándose. Forzó una sonrisa.

–Creo que tu amigo es encantador –dijo con sinceridad–. Evidentemente, te tiene en mucha estima.

–Hemos pasado muchas cosas buenas y malas juntos. Domenico perdió a sus padres y a su hermano cuando era niño y vino aquí desde San Severo para vivir con sus abuelos. Sin embargo, se pasó la mayor parte del tiempo en mi casa con mi familia cuando nos hicimos amigos. Domenico es más que un amigo. Es como un hermano y, junto con otro amigo que se llama Lorenzo, éramos inseparables. Creo que es bueno tener esa clase de amigos.

Lorenzo. Era el hombre que se había casado con la prometida de Vittorio. Acababa de formular aquel pensamiento cuando notó que él se fijaba en alguien y que lanzaba una maldición.

Antes de que Cherry pudiera volver la cabeza, notó cómo una nube de perfume muy fuerte la envolvía.

–Vittorio... –susurró una mujer.

Era muy hermosa. Morena y muy italiana. Llevaba un vestido azul que se le ceñía a cada curva de su cuerpo como una segunda piel. Tenía un cuerpo fabuloso y lucía un escote muy atrevido. Cherry vio cómo Vittorio se ponía de pie. La mujer lo abrazó efusivamente. Entonces, Cherry se percató de que iba acompañada de un hombre alto y muy guapo.

Vittorio se desembarazó de ella con cortesía, pero con firmeza. Besó a la mujer fríamente en ambas mejillas y estrechó la mano del hombre con verdadera calidez.

–Lorenzo, ¿cómo estás? ¿Te puedo presentar a mi invitada? Esta es Cherry. Se está alojando con nosotros durante un tiempo. Cherry, te presento a mi buen amigo Lorenzo Giordano y a su esposa Caterina.

Cherry se lo había imaginado. De algún modo, consiguió sonreír con naturalidad y hablar tranquilamente.

–Encantada –dijo. Miró en primer lugar a Caterina, que la observaba a ella con mirada hostil. Cuando la otra mujer se limitó a inclinar la cabeza, Cherry se volvió a Lorenzo–. Entonces, ¿tú eres el tercero de los tres Mosqueteros? Vittorio me ha hablado sobre ti, sobre Domenico y sobre sí mismo.

Lorenzo sonrió. Entonces, tomó la mano de Cherry y se la llevó a los labios.

–Me alegra mucho conocerte –dijo como si lo dijera en serio–. Vittorio me contó que te estabas alojando con él mientras visitas nuestro país. Estoy segura de que Sophia agradece tener una amiga que la ayude con todos los preparativos de la boda.

Eso significaba que Vittorio seguía teniendo una relación de amistad con Lorenzo como para haberle hablado de la boda de Sophia y de lo que ella estaba haciendo en su casa.

Cherry sonrió.

–Me lo estoy pasando estupendamente –dijo afectuosamente. Lorenzo le caía bien–. Sophia y yo nos estamos gastando el dinero de Vittorio como si fuera agua y él nunca se opone.

–¿Te alojas en Casa Carella? –le preguntó Caterina. Evidentemente, para ella sí era noticia– Eso no me lo habías contado, Lorenzo –le dijo a su esposo.

–Se me debió de olvidar –respondió Lorenzo. Su rostro cambió cuando miró a su esposa.

El silencio reinó entre ellos durante un instante, un incómodo silencio, pleno de tácitas acusaciones.

«Ella sigue amando a Vittorio y Lorenzo lo sabe». Cherry sintió como si le hubieran tirado por encima un cubo de agua fría, pero no tuvo tiempo de seguir pensando en su deducción porque Vittorio estaba despidiéndose cordialmente de la pareja.

–Que tengáis una agradable velada –dijo, mientras volvía a sentarse sin ni siquiera mirar a Caterina–. Te llamaré mañana para hablar sobre el nuevo contrato.

Su amigo asintió y, tras agarrar a Caterina del brazo, tiró prácticamente de ella para que se moviera. Mientras la pareja se dirigía hacia el otro lado del restaurante, Vittorio dijo:

–Lorenzo tiene un negocio de exportación y él y yo trabajamos juntos en algunas ocasiones.

Cherry no sabía qué decir. Solo sentía ganas de llorar. Caterina era todo lo que ella no era: hermosa, elegante, sofisticada y muy llamativa. En resumen, la clase de mujer con la que esperaría que estuviera Vittorio. ¿Seguiría enamorado de ella? Después de todo, Caterina lo había dejado a él cuando se negó a mandar a Sophia con unos parientes. Era posible. Más que posible. ¿Sería Caterina la razón por la que no había sentado la cabeza con ninguna mujer?

–Parece agradable –dijo, con una sonrisa forzada.
–Lo es –afirmó él. Entonces, dudó durante un ins-

tante–. La mujer de la que te hablé antes, con la que estuve comprometido, se casó con Lorenzo cuando ella y yo tomamos caminos separados.

Cherry quería preguntar si le había importado, aunque sabía que era demasiado personal. Lo preguntó de todos modos.

–Eso debió de ser muy difícil para ti.

–Resultó algo incómodo durante un tiempo.

–Es muy hermosa.

–Sí, Caterina es muy hermosa.

Otro silencio. La actitud de Vittorio estaba confirmando todos los temores de Cherry. De repente, el orgullo se apoderó de ella. Le hizo levantar la barbilla y tragarse las lágrimas. No iba a preguntar nada más. Evidentemente, él no quería hablar al respecto. Cherry era tan solo una empleada para él. Le había dejado claro que aquellas salidas eran tan solo un pago por sus servicios.

Levantó la cabeza y miró a su alrededor.

–Es un lugar fabuloso. Evidentemente, Domenico ha convertido este negocio en un éxito.

–Cherry...

Fuera lo que fuera lo que Vittorio iba a decir, se vio interrumpido por la llegada del camarero. Este charló amigablemente con Vittorio y luego les dio los menús. Después, volvió a llenar las copas, aunque Vittorio prácticamente no había tocado la suya.

Para darse ánimos, Cherry dio un buen trago. Tenía la mala suerte de que estaba sentada frente a la mesa que ocupaban Lorenzo y Caterina. Esta se había colocado de tal manera que tenía una vista perfecta de la mesa de Cherry y Vittorio. La italiana prácticamente no le había quitado los ojos de encima. Cherry la miró con deliberación. Ninguna de las dos mujeres sonrió. Entonces, Caterina bajó los ojos.

Era una pequeña victoria para Cherry. Entonces, notó que el camarero se había marchado, seguramente para darles tiempo para pensar.

–¿Te gustaría que pudiera por ti? –preguntó él.

Cherry miró el menú. Estaba en italiano y no había precios. Genial.

–Gracias.

Estaba tan nerviosa que tomó la copa y la vació de un trago. Cuando Vittorio volvió a llenársela, decidió que no podía seguir bebiendo hasta que, al menos, no hubiera cenado algo. Siempre necesitaba mantener la cabeza sobre los hombros, pero en especial aquella noche.

–Tal vez *cannelloni ripieni* para empezar –sugirió Vittorio–. Están muy buenos aquí. O *parmigiano di melanzane*, berenjena asada con queso y salsa de tomate. Es una especialidad de la zona. Y, de segundo, creo que langosta.

Cherry asintió. No le importara lo que fueran a cenar. Desde que vio a Caterina, había perdido el apetito.

El camarero reapareció con un plato de aceitunas y anchoas, pan recién hecho y un poco de aceite de oliva para que pudieran compartirlo. Después de anotar lo que iban a cenar, volvió a marcharse.

Una pequeña orquesta estaba tocando una melodiosa música en un pequeño escenario. Ya había unas parejas bailando. Todo el mundo se estaba divirtiendo mucho. De repente, Vittorio se puso de pie y le ofreció la mano.

—¿Bailamos?

Ella lo miró fijamente sabiendo que no podría hacer reunir el valor para hacerlo. Ella no era italiana. No conocía la música ni los movimientos. Sin embargo, tampoco podía desairar a Vittorio.

Se puso de pie e, inmediatamente, el brazo de Vittorio le rodeó la cintura. La estrechó contra su cuerpo y, así, comenzaron a bailar.

—Relájate —murmuró él—. No es difícil. Solo tienes que seguirme, ¿de acuerdo?

Cherry sabía que iba a hacer el ridículo, pero, de repente, el hecho de estar entre los brazos de Vittorio le dio fuerzas. Sus reacciones se produjeron automáticamente, con naturalidad. El aroma y el tacto del cuerpo de Vittorio la transportó a un mundo en el que las parejas que los rodeaban dejaron de existir.

Vittorio bailaba muy bien. Ninguna mujer podría quedar mal con él como pareja. Seguir sus pasos era lo más fácil del mundo. Él la estrechó aún más contra su cuerpo. Cherry acomodó el rostro bajo la barbilla de él y le rodeó el cuello con los brazos. Parecía respirarlo. La cercanía de él la embriagaba, y no el champán. Le pareció que podría quedarse así para siempre.

Sintió el inconfundible endurecimiento de su cuerpo y supo que él estaba tan excitado como ella. Sin embargo, el control que Vittorio ejercía sobre sí mismo era absoluto. Fue ella la que, cuando volvieron a sentarse, se sentía como si tuviera las piernas de gelatina.

El primer plato los estaba esperando. Sin embargo, Cherry observó la berenjena prácticamente sin verla. Tenía aún la respiración acelerada y el cuerpo ardiéndole de deseo.

¿Cómo podía inspirar aquel hombre tales sensaciones solo teniéndola entre sus brazos? No habían hecho más que bailar y sin embargo...

—Pruébalo. Está muy bueno.

Cherry lo miró y vio que él parecía estar comiendo con toda normalidad. Allí estaba ella, a punto de desmoronarse y, por el contrario, Vittorio estaba comiendo como si no hubiera ocurrido nada.

Entonces, él la miró y Cherry pudo ver un apetito dibujado en aquellos ojos grises que nada tenía que ver con la comida. La deseaba. Simplemente, se le daba mucho mejor ocultar lo que sentía. Cherry no supo si esto le hacía sentirse mejor o peor.

La langosta que tomaron a continuación estaba igual de deliciosa que el primer plato. El postre, una tarta de crema, mermelada y almendras, parecía deshacérsele en la boca. Cherry notó que la comida la había ido relajando y porque Vittorio tenía la capacidad de que pareciera que eran las dos únicas personas en el restaurante. Cherry ni siquiera volvió a mirar a Caterina.

Mientras se tomaba el expreso con el que redondearon la comida, ella suspiró de satisfacción.

—Creo que acabo de comer más de lo que había comido antes en toda mi vida. Creo que no voy a poder levantarme de la silla.

Como respuesta, él se levantó y la hizo levantarse.

—Baila conmigo. Quiero volver a sentirte entre mis brazos.

Ella no discutió. Había estado deseando que se produjera aquel momento. Vio que Lorenzo y Caterina también estaban en la pista de baile, pero no se encontraron.

Justo después de medianoche, Cherry se dirigió al tocador. Allí, se encontró con Caterina, tal y como ella había supuesto.

Cherry salió de uno de los cubículos y se encontró a Caterina sentada frente a un espejo, aplicándose un carmín rojo. Inmediatamente, sintió que el estómago le daba un vuelco. Sabía sin duda que Caterina había querido que se encontraran sin que los hombres estuvieran delante.

Caterina la observó con altanería a través del espejo antes de volverse para mirarla. Tenía una fría sonrisa en los labios.

–*Ciao* –dijo–. ¿Estás disfrutando de la velada?

–Sí, gracias. Domenico tiene un hermoso restaurante.

–Así es. Gracias a Vittorio. ¿Sabías que Vittorio le dio a Domenico el dinero para que montara todo esto? Claro que no. Seguramente hay muchas cosas que no sabes sobre Vittorio.

Cherry mantuvo la sonrisa con un gran esfuerzo.

–Sí, supongo que sí –respondió deseando que entrara alguien para que las dos no estuvieran solas.

–Eres amiga de Sophia, ¿verdad? ¿Cuánto tiempo hace que conoces a la hermana de Vittorio?

–Algún tiempo –replicó. Siete días para ser exacta.

–Y vienes para ayudarla a preparar la boda. Creo que esta boda es muy repentina –comentó. Evidentemente, Lorenzo no había comentado todo lo que sabía con su esposa.

–Sophia y Santo se conocen de toda la vida. Yo no diría que es repentino.

–¿No? ¿Y a Vittorio le parece bien que su hermana

se case con ese... gañán? Pensaba que Sophia iba a seguir estudiando. Eso era lo que Vittorio quería para ella.

–Eso no lo sé –mintió Cherry mientras se arreglaba el cabello en el espejo.

–Claro. ¿Por qué ibas a saberlo tú? Tú no eres nada para él. Ni siquiera eres italiana. Vittorio tiene muchas mujeres, hermosas mujeres italianas, pero ninguna puede mantener su atención durante mucho tiempo. Así es él.

–La vida privada de Vittorio no me interesa –replicó Cherry. Su voz era ya tan fría como la de Caterina.

–¡Ja! A mí no me vas a engañar, inglesita –dijo Caterina. Se puso de pie y se volvió a mirarla–. Sé qué es lo que quieres y te llevarás una desilusión, como les ha pasado a muchas antes que a ti. Vittorio es la clase de hombre que solo entrega su corazón una vez. Eres tonta si no lo sabes. Y entregó su corazón hace muchos años –añadió. No tenía que añadir a quién se refería–. Tal vez seas amiga de su hermana, pero no conseguirás ocupar un lugar en su vida durante mucho tiempo.

Cherry vio que aquella mujer era tan mala como su hermana, peor quizá. Decidió utilizar la misma estrategia que había utilizado con Angela toda su vida.

–En ese caso, no tienes de qué preocuparte, ¿verdad, Caterina?

Antes de que la italiana pudiera responder, Cherry salió del tocador y volvió rápidamente junto a Vittorio.

El resto de la velada fue una pesadilla. Cherry sabía que se había retirado al vacío emocional que había perfeccionado a lo largo de los años de sufrimiento con su familia. Era su protección. Cuando estuviera a solas, sabía que se echaría a llorar, pero, por el momento, el orgullo dictaba que mostrara que no le importaba.

Bailó y conversó con Vittorio, pero él no hacía más que mirarla con perplejidad.

Después de un tiempo adecuado, dijo que estaba cansada y le preguntó si se podían marchar. Por suerte, Vittorio no quiso ir a despedirse de Lorenzo y Caterina. Simplemente se despidió de su amigo con la mano.

Cuando llegaron al coche, ella fingió quedarse dormida. Al llegar a la casa, él la agarró por el brazo y la acompañó al vestíbulo.

–¿Te ocurre algo? ¿Acaso he hecho algo para ofenderte?

–Por supuesto que no. Simplemente estoy cansada, pero me he divertido mucho. Gracias por una velada maravillosa, pero ahora me gustaría marcharme a la cama.

–No –dijo él, agarrándola del brazo cuando Cherry hacía ademán de marcharse–. Ha ocurrido algo. Lo sé. Me lo estás ocultando.

–¿Que te lo estoy ocultando? –replicó ella. Aquello fue la gota que colmó el vaso–. ¿Has oído lo que has dicho, Vittorio? ¿Por qué crees que tienes derecho a cuestionarme de esta manera? Accedí a quedarme para ayudar a Sophia. Eso es todo. Ahora, te ruego que me sueltes.

–No hasta que me digas por qué te estás comportando de este modo.

—En ese caso, estaremos aquí toda la noche.

¿Cómo se atrevía él a dar por sentado que tenía una especie de licencia divina para pasar por encima de los sentimientos y los pensamientos de la gente? Había dicho que Caterina era muy hermosa, lo que era cierto, pero en su interior era una mujer vengativa y malevolente. Si él no veía cómo era por dentro, era un necio. Desgraciadamente, el amor convertía en necios a mucha gente.

Aquel pensamiento la golpeó con fuerza. Flotaba en su pensamiento una verdad que no estaba preparada para reconocer.

—Te ruego que me sueltes —susurró, con voz temblorosa.

Vittorio lanzó una maldición, pero la soltó. Cherry salió corriendo por el vestíbulo y subió las escaleras para llegar a su dormitorio. Abrió la puerta y, cuando estuvo a salvo en su interior la cerró de nuevo y echó el pestillo.

Las piernas cedieron por fin. Fue deslizándose poco a poco hasta el suelo. Allí, se cubrió el rostro con las manos y se preguntó si él la seguiría y trataría de hablar con ella.

Solo encontró silencio.

Capítulo 11

CHERRY pasó una noche terrible. Cuando el día empezó a clarear, se vio obligada a reconocer por fin que le había seguido el juego a Caterina. No debería haber reaccionado como lo había hecho. Había dejado que la italiana le envenenara la sangre. ¿Y por qué? Porque ya tenía unos sentimientos demasiado profundos por Vittorio. La relación que ella hubiera tenido con Caterina o cualquier otra mujer, no tenía nada que ver con ella. No eran pareja. No estaba saliendo con él. Ella no tenía derecho alguno.

Mientras observaba cómo salía el sol, tuvo que enfrentarse al hecho de que lo que sentía por Vittorio era ya mucho más fuerte de lo que había podido sentir antes. Eso significaba...

Que apreciaba a Vittorio. No. Mucho más. Se había enamorado de él de un modo que demostraba que los sentimientos que había tenido hacia Liam no eran nada comparado con aquello.

Era el mayor error de su vida, pero había ocurrido. Lo mejor que podía hacer era enfrentarse a ello y pasar las pocas semanas que le quedaban allí sin esconder la cabeza en la arena. Aquella mañana se sentía lo suficientemente fuerte como para mencionar el altercado con Caterina sin la indignidad de echarse a llorar. Simplemente le diría, sin entrar en detalles, que Caterina se había mostrado hiriente hacia ella y que eso la había disgustado. Su comportamiento de la noche anterior se debía al hecho de que no se había sentido capaz de hablar sobre ello, un comportamiento que comprendía que había sido inaceptable.

Bastante nerviosa, se duchó y se vistió. Entonces, se recogió el cabello con una coleta sin preocuparse de maquillarse. Estaba lista mucho antes de que fuera la hora de desayunar, por lo que fue a sentarse en la terraza con un libro que ni siquiera abrió.

Estuvo algunos minutos contemplando la belleza del jardín. Entonces, vio a Vittorio. Evidentemente, tenía la intención de darse un baño en la piscina. Caminaba rápidamente, sin mirar atrás, por lo que Cherry se sintió segura observándole. Al llegar a la piscina, dejó caer la toalla sobre el suelo y se zambulló en el agua.

Cherry lo observó atentamente, incapaz de apartar la mirada. Vittorio hacía un largo tras otro a una sorprendente velocidad. Cuando se dio cuenta de que iba a salir por fin de la piscina, se metió rápidamente en su dormitorio. Se sentía tan culpable como un *voyeur* que había estado a punto de ser sorprendido.

Fue al cuarto de baño y se mojó el rostro con agua fría. Entonces, se miró en el espejo y vio el deseo que aún tenía reflejado en el rostro. Resultaba humillante aceptar que ella lo había estado espiando como una adolescente. Antes de conocer a Vittorio, jamás hubiera dicho que su empuje sexual era demasiado alto, pero en aquellos momentos...

Se consoló por fin con el hecho de que Vittorio no

se había dado cuenta. Sin embargo, tuvo que admitir que ya no se reconocía. Ciertamente, ya no era la mujer que se había imaginado ser. Había esperado enamorarse de Italia, pero terminar haciéndolo de un italiano... Nunca. Un hombre como Vittorio, un hombre que podía poseer a cualquier mujer que deseara, con una cultura diferente, era un hombre fuera de su alcance en todos los sentidos.

Cuando bajó a desayunar, había vuelto a recuperar el control, al menos aparentemente. Había hecho una promesa a Sophia y no iba a romperla. No había más que decir.

Vittorio estaba solo en el comedor. Cherry se lanzó al discurso que llevaba practicando desde hacía una hora sin ni siquiera sentarse.

–Siento mucho lo de anoche. Sé que estropeé una velada muy agradable, pero me encontré con Caterina en el tocador y eso me afectó bastante. Sé que no es excusa, pero...

Vittorio se levantó y se acercó a ella. Le colocó un dedo sobre los labios e hizo que se sentara en la silla que había junto a la de él. Tomó asiento también.

–Siéntate. Toma un poco de zumo –le dijo tras servirle un vaso–. Hablaremos después.

Cherry dio unos sorbos y se preparó para la conversación que iban a tener.

–Ahora, quiero que me digas lo que te dijo Caterina.

–Eso no importa. Baste decir que a ella no le gusta que yo me aloje aquí ni que esté ayudando a Sophia. Creo que toma el hecho de que yo no sea italiana como una especie de afrenta personal.

—Dime qué fue exactamente lo que te dijo —insistió él.

—No.

—Evidentemente, te disgustó bastante, así que insisto.

—Ya te lo he contado poco más o menos. No lo recuerdo palabra por palabra.

—Eres la mujer más exasperante que he conocido nunca, ¿lo sabías? —dijo él dándose cuenta de que no iba a ganar aquella batalla—. A pesar de que parece que tienes dieciséis años, eres una mujer hecha y derecha —añadió. Entonces, se levantó y le agarró la mano a Cherry para obligarla a levantarse—. Iremos a pasear un rato por el jardín antes de desayunar. Quiero hablarte de Caterina en privado.

—No tienes que...

Vittorio no la escuchó. Cuando estuvieron en el jardín, él siguió sin soltarle la mano. Entonces, empezó a hablar.

—Caterina es la esposa de mi amigo y, por esa razón, sería una falta de respeto a Lorenzo que nos oyeran hablar de ella. No es un matrimonio feliz. No creo que Caterina sea capaz de hacer feliz a ningún hombre y sé que yo tuve la suerte de escapar de ella hace muchos años. No tardé mucho en darme cuenta de que lo que había sentido por ella no era amor, sino algo completamente diferente, más terrenal. Cuando uno es joven, los deseos del cuerpo son lo más importante y, tal vez, también cuando no lo es tanto. Comprendí esto justo a tiempo y ha gobernado mi vida desde entonces. ¿Comprendes lo que estoy diciendo?

—¿Que el deseo sexual no es amor?

—Sí. Sin embargo, volvamos de nuevo a Caterina. Lorenzo es un buen marido. Digo esto no solo porque es mi amigo, sino porque sé que es cierto. Le ha seguido siendo fiel a pesar las extremas provocaciones. Ella ha tenido muchos amantes. Sin embargo, es la esposa de Lorenzo y por esa razón la tolero. No hacerlo significaría perder a mi amigo. ¿Lo comprendes?

Cherry asintió. Habían llegado a un punto del sendero en el que una parte los devolvía hacia la casa.

—Caterina no tenía derecho alguno a comentar nada sobre tu presencia en mi casa y me gustaría que olvidaras lo que te dijo. ¿Lo harás, Cherry? Es muy importante para mí

Ella asintió, a pesar de que sabía que eso sería imposible.

—Me alegro —dijo. Entonces, la tomó entre sus brazos y le dio un beso en los labios—. Ahora, vamos a desayunar —añadió con satisfacción, como si todo se hubiera solucionado.

Sin embargo, para ella no había sido así. Cherry era incluso más consciente de que el abismo que los separaba era inmenso. La experiencia que Vittorio había tenido con Caterina había amargado la idea que él tenía del amor. Para él, no había más que satisfacción sexual y aventuras que no suponían compromiso alguno más allá de divertirse y de gozar mutuamente.

Si Cherry estuviera tan solo interesada en satisfacer sus necesidades físicas, la situación sería perfecta. Sin embargo, no era así. Para hacer el amor con un hombre tendría que entregarse en cuerpo y alma. Así era para ella. Sería para siempre. Por supuesto, aquella perspectiva la asustaba. No tenía ninguna duda de que Vittorio tan solo la quería para una breve aventura. Lo sabía perfectamente, pero hasta aquello sería un desastre. Ella no tenía experiencia sexual alguna, como las otras mujeres. No tendría ni idea de cómo mantenerlo interesado en la cama.

–¿Seguimos siendo amigos? –le preguntó él justo antes de que entraran en la casa.

–Por supuesto.

–Entonces, mañana te llevaré a ver la *Grotte de Castellana* –anunció Vittorio–. Estalactitas y estalagmitas. Sophia me ha dicho que te interesan esas cosas. Luego, podríamos ir a ver el museo de Taranto y la muralla Mesapiana, en Mandura. Lo veremos todo durante las próximas semanas. Te lo prometo. Juntos, *mia piccola*.

Cherry sintió que se le hacía un nudo en el estómago. No sabía si podría soportarlo sin dejar a un lado su moralidad y su orgullo.

–Eso no será necesario.

–Claro que lo es. Es necesario para mí y creo que también un poco para ti. Quiero estar contigo, Cherry. Siento celos al pensar que podrías ver todas esas cosas con otra persona o incluso sin mí. Te prometo que me comportaré. Sé que no confías en mí, lo veo en tus ojos, pero el tiempo te lo demostrará. No te haré el amor hasta que no confíes en mí.

–¿Hacerme el amor? –repitió ella febrilmente–. Pensé que habíamos acordado que eso sería imposible. Me he quedado aquí para ayudar a Sophia. No quiero...

–En ese caso, deja que sea yo quien quiera por los dos.

Antes de que ella pudiera reaccionar ante aquella descarada violación de las reglas, él la besó. No fue un beso casto y rápido. Labios y lengua se apoderaron de los de ella en un apasionado beso. Cuando Vittorio levantó la cabeza, ella estaba temblando.

–Tú... dijiste que nada de besos –susurró ella–. Era... era parte del trato.

–Este trato es nuevo –replicó él con una sonrisa–. Ahora se permiten los besos. Un hombre sediento debe al menos tener una gota o dos de agua para poder sobrevivir.

Aquella comparación tan dramática resultaba tan ridícula que ella no pudo menos que sonreír.

Vittorio sonrió también. Presintió la victoria.

–Vamos a desayunar –dijo–. Mañana pasaremos el día juntos.

Era el primero de muchos días similares a lo largo de las semanas que faltaban para la boda y cada uno de ellos era un dulce tormento.

Puglia tenía una historia muy rica, pero no tenía una gran infraestructura turística, por lo que la presencia de una extranjera resultaba sorprendente para sus habitantes. Cherry comprendió que visitar la zona con Vittorio le proporcionaba lo mejor de ambos mundos.

Alternaban las visitas más culturales con salidas a la playa. Allí, compartían la comida que Gilda les había preparado después de nadar en el mar y luego cenaban en sencillos restaurantes. Regresaban a la casa al atardecer.

La primera vez que disfrutaron de un día así, Cherry estaba muy nerviosa. Vittorio no parecía darse cuenta de lo intimidante que resultaba su magnífica masculinidad. Se comportaba muy naturalmente a pesar de estar prácticamente desnudo. Cherry se había comprado otro traje de baño en Bari, que consideraba mucho más recatado. Tenía que bañarse constantemente en el agua fría para poder protegerse contra el ardiente deseo que la atenazaba, pero, para su pesar, Vittorio no parecía sentirse afectado. Se había imaginado que, tras el apasionado beso en el jardín, tendría que estar quitándoselo de encima constantemente, pero, aunque él no eludía el contacto físico y le tomaba la mano o la abrazaba, se mostraba más que correcto. Esto molestaba a Cherry.

Cuando no veía a Vittorio, Sophia y ella trabajaban en los preparativos para la boda. La ceremonia iba a tener lugar la primera semana de julio. Aunque Vittorio se había gastado mucho dinero y había más de trescientos invitados, iba a ser una ceremonia informal y orientada a la familia, sin los estrictos horarios de una boda en Inglaterra.

A medida que la fecha iba acercándose, Cherry sabía que también se acercaba su partida. Le había prometido a Sophia que se quedaría para la boda, pero había decidido que se marcharía el día después del casamiento. Ya había llamado a la empresa de alquiler de coches y les había pedido que llevaran un coche a la finca de los Carella la mañana después de la boda. No se lo dijo ni a Vittorio ni a Sophia, pero se había sentido mucho mejor después de hacer la llamada. Había agarrado el toro por los cuernos y se había enfrentado a la realidad, por muy dolorosa que esta fuera. Aquel mágico interludio estaba a punto de llegar a su fin y, aunque Cherry no sabía cómo iba a poder soportarlo, sabía que no tenía otra opción.

Capítulo 12

LA ÚLTIMA semana pasó volando. Cherry conoció a la abuela de Vittorio por fin. La anciana había estado enferma durante algunas semanas y no había podido recibir visitas. Cherry descubrió que era una anciana indomable, muy italiana y que se mostraba sospechosa de los extranjeros. Después de conocerla, ella comprendió por qué Vittorio no había querido dejar a Sophia a su cuidado.

A pesar de que hubo algunos contratiempos, nadie parecía tan alterado como Cherry, seguramente porque lo único que les preocupaba era la boda. Ella tenía que enfrentarse a la realidad de que nunca volvería a ver a Vittorio. Era un pensamiento insoportable y, durante el día, lograba olvidarse de él. Las noches eran un asunto completamente diferente. Los fantasmas salían para turbarla.

Las náuseas de Sophia habían ido disminuyendo hasta el punto de que ya no eran un problema. Sin embargo, seguía acusando el cansancio. Sophia se marchaba a la cama inmediatamente después de cenar, algo que a Cherry, dadas las circunstancias, le parecía una bendición.

La víspera de la boda, después de almorzar en casa

de Santo y de supervisar los últimos detalles, Sophia pidió que le llevaran la cena a su habitación. Cherry y Vittorio tuvieron que cenar solos.

Ella no podía ni siquiera describir cómo se sentía. Una parte de ella había esperado que Vittorio le pidiera que se quedara un poco más, aunque su respuesta siempre había sido «no».

Llevaba varios días sin dormir. Se despertaba muy temprano y paseaba por su dormitorio como una leona enjaulada, llena de inquietud y nervios que le impedían descansar.

La semana anterior, Vittorio la había llevado a un festival de folclore, donde el baile nacional de Italia, la *tarantella* había sido la estrella. Cherry conocía la historia del baile. En el siglo XV, las campesinas de la ciudad de Taranto habían sido picadas por la tarántula, una araña cuyo veneno solo puede abandonar el cuerpo de quien pique por medio de un abundante sudor.

Tal vez a ella no la había picado la tarántula, pero la infección que estaba sufriendo era incluso más mortal. Si hubiera podido librarse de ella por medio de aquel frenético baile, lo habría hecho. Al menos así habría podido dormir por las noches.

Cuando entró en el comedor, vio que Vittorio estaba esperándola. Cherry forzó una sonrisa y se sentó en la silla que él se apresuró a sujetarle. Entonces, le puso la copa de vino en la mano y tomó asiento.

—Por mañana —dijo ella, aliviada por lo tranquila que le sonó la voz considerando que se estaba muriendo por dentro—. Por Sophia y Santo.

—Por Sophia y Santo. Y también por ti —añadió él

mientras rozaba suavemente la copa de Cherry con la suya–. Tu ayuda ha sido muy valiosa.

Vittorio llevaba una camisa gris y unos pantalones negros, una visión de belleza masculina. Su atractivo pocas veces había sido tan potente. Cherry deseó arrojarse a sus brazos y besarle apasionadamente. Para contenerse, dio un gran trago de vino.

–No hay de qué. Me he divertido mucho. No es frecuente que una mujer se vea tan implicada en una boda que no es la suya y, gracias a ti, he visto más cosas de Puglia que las que habría visto por mi cuenta.

–Yo también me he divertido. Creo que cuando uno nace en un lugar, resulta muy fácil no tomarse interés por conocerlo. Sin embargo, al verlo a través de tus ojos ha sido maravilloso. Eres encantadora.

Pero no lo suficiente. Durante un terrible instante, Cherry creyó que lo había dicho en voz alta. Sintió un profundo alivio al ver que el rostro de Vittorio no se alteraba. Estaba en el último tramo de su estancia allí. Lo superaría. Flirtear era algo natural para los italianos. Podía superarlo. Llevaba haciéndolo semanas.

La única diferencia era que, en aquellos casos, su partida no era inminente.

Habían hablado mucho en las últimas semanas. Cherry le había contado más de lo que había pensado que haría y él también había parecido abrirse con ella. Cherry había empezado a hacerse ilusiones. Tal vez, solo tal vez, él estaba empezando a considerarla diferente a las demás mujeres que había conocido. Entonces, otros días, se mostraba frío y distante cuando estaban solos.

Ese no era el caso aquella última noche. Cherry tragó saliva. Aquella noche el deseo resultaba evidente sobre su hermoso rostro. Si ella no estuviera sexualmente excitada, habría podido mantener de mejor manera la cabeza fría.

–Cherry, ¿te ocurre algo?
–No, nada.

Siguieron cenando en silencio. Aquella última cena no estaba resultando ser como ella había imaginado. Reconoció que era culpa suya. Cuando Gilda les llevó el postre, la tensión en el ambiente era tan fuerte que el aire prácticamente vibraba. De estar relajado y sexy, Vittorio había pasado a mostrarse frío, cauteloso. Las respuestas monosilábicas de Cherry y el tenso lenguaje corporal enviaban un mensaje que ningún hombre podía ignorar.

Él esperó hasta que Gilda hubo servido el café antes de hablar.

–Está bien, Cherry. Sé que te ocurre algo. ¿Qué es lo que pasa?

–Nada. De verdad. Solo que creo que deberías saber que me marcho pasado mañana. He mandado a la empresa de coches de alquiler que me envíe un vehículo a las once.

–¿Por qué?

–La razón por la que he estado aquí varias semanas ya no existirá. Sophia estará casada. Es hora de que yo continúe con mis vacaciones.

–¿Tus vacaciones? No sabía que tenías tantas ganas de marcharte.

–No se trata de eso.

–¿No? ¿Y entonces de qué se trata?

—Llegué a esta casa por accidente y tú fuiste muy amable y me ayudaste. Soy consciente de ello.

—Deja de hablar como si fueras una gata perdida...

—Accedí a quedarme para ayudar a Sophia porque quise hacerlo. Nadie me puso una pistola en la sien. No estoy diciendo eso, pero no estaría bien que me quedara después de que Sophia se casara. Tú querrás seguir con tu vida y yo tengo la intención de seguir con la mía.

—¿Y si yo deseo que te quedes? ¿Qué ocurre entonces?

Ella lo miró con frialdad. Se alegraba de que él estuviera tan enfadado. Eso le ayudaba a decir lo que debía.

—No voy a ser una muesca más en el cabecero de tu cama, Vittorio. Esto te lo he dejado claro desde el principio.

—Entonces, ¿vas a salir huyendo a Inglaterra, tal vez a los brazos de ese Liam? Tal vez esperas que él te vuelva a invitar a su cama.

Cherry se sintió furiosa con él. ¿Cómo se atrevía a decirle aquello después de todo lo que habían compartido?

—Yo jamás estuve en su cama —le espetó ella—. Jamás he estado en la cama de nadie y, ciertamente, no voy a empezar contigo. Por lo tanto, ¿por qué no chascas los dedos para que venga una de las mujeres que estoy segura hacen fila para tener su oportunidad?

Vittorio la miró completamente asombrado.

—¿Por qué estamos discutiendo? —le preguntó. Entonces, se inclinó sobre ella y le tomó la mano antes de que ella pudiera apartarla—. Estas semanas han sido muy agradables, ¿verdad? Y podrían haber sido mejores. Te deseo, *mia piccola*. Jamás he deseado más a una mujer ni he esperado tanto tiempo. Créeme.

Cherry se creía lo de la espera. Se imaginaba que la mayoría de las mujeres caían entre sus brazos como moscas y se consideraban afortunadas por ello. Respiró profundamente. Dudaba que pudiera hacerle entender, pero tenía que intentarlo.

–Para mí tiene que ser más que deseo, Vittorio.

–Pero tú me deseas...

–Sí, claro que te deseo, pero no solo para una semana o para un mes o incluso para un año o dos. Y sé que tú no quieres eso. Ni conmigo ni tal vez con nadie.

Ya estaba. Lo había dicho.

–¿Acaso no confías en mí? ¿Acaso no crees que yo sería bueno para ti?

Ella apartó la mano.

–Ya sabes lo que estoy diciendo, Vittorio, pero, para que conste, confío en ti. Eres sincero en tu trato con las mujeres. No haces promesas ni garantizas nada.

–Eso no es cierto –replicó él. De nuevo, volvía a parecer enfadado–. Dije que esperaría hasta que estuvieras lista, ¿verdad? Los dos sabemos que podría haberte poseído muchas veces a lo largo de las últimas semanas si hubiera querido.

–Pero no lo habrías hecho porque eres un hombre y no un animal. Un buen hombre –dijo ella. Estaba temblando por dentro. No había querido que todo terminara así. Tal vez habría sido mejor marcharse sin decir nada y dejar tan solo una carta explicando por qué–. Y, como tú acabas de decir, sabías que yo no estaba lista para una breve aventura. De hecho, nunca estaré lista porque no podría entregarme sin que significara algo especial para mí. Así soy yo.

–¿Estás diciendo que te vas a marchar sin darnos una oportunidad? En ese caso, no considero que ese sentimiento que tú dices que tienes hacia mí valga nada.

Aquello había sido un golpe bajo, pero Cherry no iba a dejar que él se escapara sin afrontar los hechos.

–Ese sentimiento es amor, Vittorio, tanto si crees en ello como si no. Si me quedara, para mí tendría que ser para siempre, tanto si permaneciéramos juntos como si nos separáramos. Yo siempre sería tuya aquí –dijo mientras se tocaba suavemente el pecho, justo encima del corazón–. La diferencia es que, si me marcho ahora, podré seguir con mi vida y seguir funcionando. Un día, esto incluso podría parecer un hermoso sueño. Si me quedara, tú me destruirías. No estoy preparada para sacrificarme ni para dejar que lo que hay entre nosotros se convierta en algo complicado, enredado y oscuro. Yo siempre querré más y sé que tú eres incapaz de dármelo. Te sentirías atrapado. Entonces, la separación dentro de unos meses, un año... Yo... –susurró. Sacudió la cabeza incapaz de encontrar palabras para describir cómo se sentiría–. Y tú, culpable, enfadado, avergonzado porque, tal y como he dicho, eres un buen hombre.

–Entonces, ¿te vas a marchar? ¿Así?

–Sí. Así –afirmó ella.

Cuando se puso de pie, medio esperaba que Vittorio trataría de detenerla, pero no hubo nada. No reaccionó de ninguna manera. Simplemente la observó mientras ella abandonaba el comedor.

Cherry acababa de abrir la puerta de su dormitorio cuando él subió las escaleras. Se volvió para mirarlo con el corazón latiéndole a toda velocidad.

–Si dijera que me casaría contigo, ¿qué me dirías entonces?

Durante un instante, la esperanza floreció en el pecho de Cherry. Solo durante un momento. Ni en sus más extrañas fantasías, y había fantaseado en muchas ocasiones que Vittorio le pedía que se casara con él, se había imaginado que la proposición de matrimonio que él le haría sería como un desafío.

–En ese caso, te diría que te lo volvieras a pensar.
–¿Qué significa eso?
–Que un matrimonio así sería un desastre. Un trozo de papel y una alianza de boda no hacen un matrimonio. No sería nada diferente a lo que te dije abajo, a excepción de que tú te sentirías atrapado mucho antes. ¿No lo ves? ¿Acaso no has comprendido nada de lo que te he dicho? Quiero lo que no eres capaz de darme. No solo quiero tu cuerpo. Lo quiero todo. Amor. Complicidad. Hijos. Nietos. Quiero alguien que me ame cuando mi cuerpo ya no sea tan joven, que me apoye contra el resto del mundo si es necesario, que se enfrente a la alegría y a las penas y a lo que nos depare el destino agarrándome la mano...

Cherry estaba a punto de llorar. Se dijo que no iba a hacerlo. Aquella sería la máxima humillación.

–¿Por qué no puedes ser como el resto de las mujeres? ¿Por qué tienes que hacer que esto sea tan complicado?

La tomó entre sus brazos antes de que ella pudiera protestar. Cuando prendió los labios con los de ella, estos contenían un deseo más fuerte que nunca. La intensidad de lo que él expresaba sorprendió a Cherry. Se tensó antes de dejar que la pasión prendiera en ella y se dejara llevar.

Cuando Vittorio sintió que ella se rendía, dejó escapar un gruñido de satisfacción. La lengua de él buscó la dulzura de la boca de Cherry. Ella no se pudo resistir y le permitió el acceso. Las manos de él se prendieron en la estrecha cintura y la moldearon contra sí de tal manera que ella casi no podía respirar. Los labios de Vittorio transmitían sensaciones indescriptibles a sus sentidos. Una dulce y lenta tensión comenzó a crearse dentro de ella y la animaba a apretarse más contra él a pesar de que el cerebro le pedía que se detuviera.

Vittorio deslizó las manos sobre su cuerpo para cubrirle el trasero. Entonces, comenzó a moverse contra ella, firme, eróticamente, con un lánguido ritmo que la hizo vibrar.

Cherry casi no se había dado cuenta de que él la había hecho entrar en el dormitorio y había cerrado la puerta. A pesar de todo, no sintió pánico, tan solo el deseo de pegarse más a él, al hombre que amaba.

Cuando cayeron encima de la cama, ella estaba debajo de él, pero Vittorio no había dejado de besarla ni siquiera un instante. Sintió que las manos de él comenzaban a levantarle la falda del vestido hasta que sus bronceadas piernas quedaron al descubierto. Mientras le tocaba los muslos, ella se sintió galvanizada por las sensaciones que la obligaban a arquearse de un modo más antiguo que el tiempo, un acto que reclamaba la posesión total.

Al principio, cuando él se retiró, Cherry no se lo podía creer. Durante un instante, pensó que él se estaba desnudando, pero Vittorio se había quedado completamente inmóvil. Cuando trató de agarrarlo para tirar de él hacia su cuerpo, se levantó de la cama y se puso de pie.

–No te poseeré así –dijo–. No quería que ocurriera esto cuando subí las escaleras. Debes creerme. No tenía intención de hacer esto.

–Yo... yo no comprendo.

–Hace semanas me prometí que no te metería prisa. Tu inocencia es un arma terrible, ¿lo sabías? No, por supuesto que no lo sabes. Ese es el problema. No juegas ni te muestras coqueta.

Cherry no tenía ni idea de lo que él estaba hablando. Lo único que sabía era que él había dejado de hacerle el amor. Que había sido capaz de controlar su atracción sexual hasta el final. Eso era lo poco que le importaba.

Sintió unas ganas tremendas de llorar. Si él la veía, la humillación sería total.

–¿Te importaría marcharte? Por favor.

–Cherry...

–Por favor.

Vittorio se marchó. Cherry sintió que se le hacía un nudo en la garganta al contemplar la puerta cerrada. No se podía creer que él se hubiera marchado realmente.

Entonces, se puso a llorar.

Capítulo 13

CHERRY se quedó dormida poco antes del amanecer simplemente de puro agotamiento. Solo durmió un par de horas antes de que la luz del alba le despertara los sentidos de nuevo. Abrió los ojos y sintió inmediatamente que un enorme peso se apoderaba de su corazón y de su cerebro al recordar los acontecimientos acaecidos la noche anterior. Y era el día de la boda de Sophia. Escondió la cabeza bajo la almohada durante un minuto, deseando poder dormirse de nuevo y no despertarse nunca más.

Ya bastaba. Se sentó en la cama y apartó la sábana. Aquel no era su día. Era el día de Sophia. Todo el trabajo duro de las últimas semanas estaba a punto de dar sus frutos. Le había prometido a Sophia que la ayudaría con el traje y el vestido, además de con el maquillaje y el cabello. Tendría cien detalles de los que ocuparse. No iba a parar en todo el día y eso era estupendo. El trabajo la ayudaría a superar aquella jornada. Al día siguiente...

No podía pensar en el día siguiente. Cerró los ojos durante un instante. Entonces, se dirigió al cuarto de baño. Al verse en el espejo, se detuvo en seco horrorizada. Cabello enredado, ojos hinchados y enrojecidos.

Tardó una hora en mejorar su aspecto. Su apariencia era por fin presentable. No era la de siempre, pero nadie se fijaría. Aquel día, todos los ojos estarían prendados en Sophia.

Por una vez, la joven estaba levantada, desayunando muy temprano junto a su hermano. Sophia la recibió tan emocionadamente que no tardó en hacerle olvidar lo ocurrido y aliviar lo que podría haber sido un momento de tensión.

Desde ese momento, todo fue un no parar. Sophia parecía estar llena de energía que contrarrestaba profundamente con el cansancio de las últimas semanas.

Todas las damas de honor y los pajes iban a estar esperando en la iglesia al carruaje que transportaría a Sophia de casa a la iglesia y de la iglesia a casa, primero con Vittorio, que actuaría como padrino, y luego con su esposo. Era tradición que todos siguieran a los novios a pie después de la boda, pero dado que la finca de los Carella estaba algo alejada del pueblo, habían decidido que Sophia tenía una excusa legítima para no realizar aquella costumbre. Su embarazo hacía que no fuera recomendable.

A media mañana, cuando Sophia ya estaba lista para marcharse a la iglesia, ataviada con el traje de su madre y muy hermosa, se sentía muy emocionada. Había estado llorando casi toda la mañana, pero Cherry, por el contrario, se había quedado sin lágrimas. Trabajaba como un autómata, diciendo lo correcto, sonriendo cuando debía, pero sin poder evitar tener un nudo en el estómago y plomo en el corazón. A pesar de todo, era tan buena actriz que Sophia no sospechó que le ocurriera nada.

A parte de a la hora de desayunar, no había vuelto a ver a Vittorio. Había estado encerrada con Sophia en el dormitorio de esta mientras se preparaba. Cuando bajaba con la novia por la escalera sujetando la cola de maravilloso encaje entre las manos, vio que él estaba esperando.

Fue un momento desagradable. No lo había visto con su traje de boda. Estaba estupendo, como un misterioso y arrebatadoramente guapo Heathcliff.

Vittorio dio un paso al frente y tomó la mano de Sophia cuando su hermana llegó junto a él. Con una sonrisa, le dijo:

—Estás muy hermosa. Nuestra madre habría estado muy orgullosa de ti hoy. Estás perfecta con su vestido. Nuestro padre se habría sentido como un rey llevándote al altar. Yo soy un mal sustituto, pero te quiero. Lo sabes, ¿verdad?

Los ojos de Sophia se llenaron de lágrimas.

—Yo también —susurró.

Entonces, Vittorio miró a Cherry por encima de su hermana y dijo:

—Tú también estás muy hermosa, *mia piccola* —dijo muy suavemente.

Aquello fue demasiado. Cherry estaba conteniendo la compostura por un pelo. Consiguió esbozar una sonrisa, pero no se atrevió a hablar. Entonces, Sophia la salvó. Se dio la vuelta y dijo:

—Tú tienes que ir antes que nosotros, Cherry.

Como si ella no lo supiera.

En el exterior, se dirigió rápidamente al coche en el que Gilda y las dos criadas ya estaban sentadas. Se sentó junto al conductor. Vittorio había alquilado un ejército de coches para transportar a todos los invitados durante todo el día. No había reparado en gastos.

Se marcharon enseguida. Cuando minutos después llegaron a la iglesia del pueblo, Cherry ya había recuperado la compostura. Se juró que aquella sería la última vez que fallara.

El interior de la bella iglesia estaba lleno de flores, lo que le daba un delicioso aroma. Cherry ocupó su lugar después de comprobar que todas las damas de honor y los pajes sabían lo que tenían que hacer. Cuando Santo se volvió para saludarla, le sonrió. Parecía muy asustado. Era un muchacho muy tímido y reservado. Sin embargo, cuanto más lo conocía a él y a su familia, más segura había estado de que Sophia sería muy feliz.

La música cambió y todos los presentes observaron la puerta con anticipación. Todas las cabezas se volvieron y la ceremonia dio comienzo. Mientras avanzaba hacia el altar del brazo de Vittorio, Sophia estaba radiante. Cuando pasaron junto al lugar en el que estaba Cherry, ella respiró profundamente.

Aquello sería lo peor. Cuando la ceremonia hubiera terminado, todo sería más fácil.

De repente, sintió que alguien la estaba observando. Se dio la vuelta y vio que era Caterina desde su banco. Las dos mujeres se miraron durante un instante. Entonces, la italiana sonrió ligeramente de satisfacción por lo que había visto claramente en el rostro de Cherry.

Por extraño que pudiera parecer, aquel instante proporcionó una descarga de adrenalina en las venas de Cherry y le dio fuerza. Levantó la barbilla y se quitó del rostro todo sentimiento que no fuera el habitual en una boda. No iba a desmoronarse. Aquel sería, seguramente, el peor día de su vida y al día siguiente, cuando se marchara, sería peor aún. Sin embargo, lo haría dignamente.

La ceremonia se celebró en italiano, tal y como era de esperar, y estuvo llena de convenciones y rituales que Cherry desconocía. Sin embargo, le resultó preciosa, aunque más larga que las bodas a las que ella estaba acostumbrada en Inglaterra. Cuando terminó por fin, una sonriente Sophia y un orgulloso Santo se dirigieron hacia la salida, seguidos de las damas de honor y los pajes. En el exterior, el ruido fue abrumador. Todos reían y se abrazaban. Todo el mundo estaba feliz. Todos se conocían entre ellos. Cherry jamás se había sentido tan perdida y sola en toda su vida.

De repente, Vittorio apareció a su lado. Le agarró el brazo y la obligó a acompañarle mientras saludaba a los invitados y la presentaba a todos ellos. Fue una exquisita tortura, agridulce, que mereció la pena tan solo por la mirada que Cherry recibió de Caterina.

En el camino de vuelta a la casa, Cherry se puso a mirar por la ventanilla. Vittorio le había pedido que fuera en su coche, pero ella había utilizado la excusa de que Margherita, las doncellas y ella debían de estar inmediatamente en la casa para asegurarse de que todo estaba preparado cuando llegaran los novios.

Él la había mirado fijamente antes de responder:

—Ahora eres una invitada. Puedes relajarte y disfrutar del día.

Cherry había considerado aquello un insulto, dadas

las circunstancias. Tal vez él podría olvidarse de lo ocurrido la noche anterior, pero ella no.

Llevaba unos quince minutos en la casa cuando apareció el carruaje con los novios, seguidos de una larga hilera de coches. Desde ese momento, las celebraciones empezaron en todo su apogeo. El estado de tristeza en el que Cherry se encontraba provocó que ella se sintiera muy afectada. Todo era alegría y celebración.

A los italianos les encantaban los niños. Los pequeños andaban por todas partes, abrazados y besados por todos los presentes, no apartados como ocurría en algunos países como la propia Inglaterra. La alegría y los juegos de los pequeños convertían la celebración en una enorme y feliz reunión familiar.

La comida se sirvió al menos dos horas tarde, pero a nadie pareció importarle. Todos se sentaron donde querían, a excepción de los novios, Vittorio, su abuela y los padres de Santo, que ocuparon la mesa principal.

Desde que regresaron de la iglesia, Cherry puso mucho empeño en evitar a Vittorio, fingiendo estar ocupada aunque no fuera así. Por lo tanto, cuando entró en la carpa y se dispuso a tomar asiento, se sorprendió de que ver que una firme mano la obligaba a levantarse.

–Vittorio, ¿qué estás haciendo? –protestó ella tratando de zafarse discretamente de él.

–Yo te iba a hacer la misma pregunta. ¿Por qué no hay reservado un lugar para ti en la mesa principal?

–¿Para mí? ¿Y por qué iba a estar yo en la mesa principal? Yo no soy familia.

–Tú has facilitado que esta boda tenga lugar. Además, no voy a tolerar que te sientes en ninguna otra parte. Ya te han puesto cubierto junto a mí.

Cherry lo miró fijamente. No sabía si quería echarse a reír o a llorar. ¿Acaso no había considerado cómo se sentiría ella sentada a su lado para que todo el mundo los viera? Era casi una declaración de intenciones y ella sería la única de toda la carpa que conocería el verdadero motivo: amabilidad. Algo que ella no quería.

–Estoy perfectamente bien donde estoy, gracias.

–Pues por muy bien que estés, te sentarás con Sophia, conmigo y el resto de los parientes cercanos.

–No.

Algunas personas habían empezado a mirarlos.

–Sí, Cherry. Claro que sí.

–Vittorio, piensa en lo que la gente va a deducir –le espetó–. A tu abuela no le gustará. Ya lo sabes.

Efectivamente, la abuela había conseguido que Cherry supiera, a pesar de que no hablaba ni una palabra de inglés, lo que pensaba exactamente de la inglesa que estaba viviendo en la casa de su nieto.

–No es la boda de mi abuela, sino la de Sophia y la de Santo. Los dos han pedido tu presencia en la mesa principal. ¿De acuerdo? Si no lo haces, estropearás el almuerzo de boda.

Todo el mundo se estaba fijando en ellos. Al final, Cherry cedió y se dirigió a la mesa principal para tomar asiento entre Vittorio y su abuela. La anciana ni la miró cuando se sentó. También le pareció que Sophia y Santo la miraban muy sorprendidos, pero ya no podía hacer nada más que sentarse y guardar silencio.

El almuerzo fue largo y agradable. El vino fluía

abundantemente, tal y como era de esperar, por lo que mucho antes de que la comida terminara el nivel de risas y de conversación se había ido animando a medida que los invitados bebían. Cherry se relajó un poco. Todo el mundo estaba muy ocupado divirtiéndose. Aunque de vez en cuanto la observaban con extrañeza, no lo hacían de un modo desagradable.

Vittorio estuvo principalmente hablando con ella. Terminó girándose hacia ella y colocándole un brazo sobre el respaldo de su silla. Esto provocó que Cherry se tensara hasta que él terminó por retirarlo de nuevo. Entonces, él se dirigió a su abuela, que sonrió y asintió cuando Vittorio pronunció el nombre de Cherry.

—¿Qué le has dicho? —le preguntó.

—¿Que qué le he dicho? Solo que el viento que te empujó hacia nuestra finca fue un viento afortunado para los Carella. Sophia ha tenido el día que quería y, en gran parte, eso te lo debe a ti.

—Creo que es una exageración.

No era justo que Vittorio la mirara de aquella manera o le dijera aquellas cosas. Si tuviera algo de decencia, la dejaría en paz. Si Cherry no lo amara tanto, podría odiarlo, pero el día de la boda de Sophia había confirmado una gran verdad: tenía que poner entre ambos todos los kilómetros que fuera posible. No iba a quedarse allí para que él jugara con ella o se burlara de ella.

Se bebió su tercera copa de vino para darse fuerza.

Eran casi las seis cuando la comida se dio por terminada y comenzaron los discursos. Para las siete, se había organizado un bufé frío. Cherry estaba pensando que tendría que hablar con Margherita para que se pospusiera al menos una hora o dos, cuando se dio cuenta de que Vittorio, que estaba dando su discurso como el padrino de la novia, había dejado de hablar y se había vuelto a mirarla a ella.

Cherry lo miró y se quedó hipnotizada por el gesto que vio en su rostro. Si aquel hombre no fuera Vittorio, sino otro, ella habría dicho que el sentimiento que se adivinaba en su rostro era amor en estado puro. Sin embargo, sabía muy bien que era imposible.

–Tengo una confesión que hacer –dijo, mirándola directamente a los ojos y en voz muy alta para que todo el mundo pudiera escucharlo–. Soy un estúpido. Digo esto porque cuando alguien tiene la suficiente fortuna de encontrar algo muy valioso, debería atesorarlo a cualquier precio –añadió. El silencio que reinaba en la carpa era tal que se podría haber escuchado cómo caía un alfiler al suelo–. Desde el primer momento en que te vi supe, *mia piccola*, que te amaba, pero aparte de estúpido soy muy testarudo. He estado acostumbrado a vivir mi vida según mis propias reglas. Cuando tú no hiciste lo que yo quería, me dije que solo tenía que esperar y que, tarde o temprano, te adaptarías a mi modo de pensar, que lo que yo sentía sería tan fácil de controlar como todo lo demás en mi vida. No quería relaciones permanentes, ni compromiso con ninguna mujer. Esto era lo que me decía siempre. Así de necio soy. Cherry, te quiero y te necesito para siempre. Te amaré para toda la eternidad. No me conformaré con menos. Lo digo ahora, delante de mi familia y amigos, porque es la verdad y quiero que todo el mundo lo sepa. Sin embargo, la única persona que importa de verdad eres tú.

Ante la mirada atónita de Cherry, Vittorio hincó una rodilla en el suelo. Todos los presentes, en especial las mujeres, se quedaron boquiabiertos.

–¿Quieres casarte conmigo, *mia piccola*? ¿Me amarás y me dejarás amarte todos los días de nuestra vida? ¿Te enfrentarás hombro con hombro conmigo contra el resto del mundo si es necesario, te enfrentarás a la alegría y a las penas y a lo que nos depare el destino agarrándome la mano?

Estaba repitiendo las palabras que ella había dicho la noche anterior, palabras que solo ella sabía. Con eso, terminó por disiparse la última de sus dudas. De algún modo, lo increíble había ocurrido. El rostro de Cherry se volvió radiante de alegría. Todo el mundo se alegró por ellos, a excepción de una persona. Sin embargo, nadie se fijó cómo Caterina se marchaba de la carpa, con el rostro tan feo como el de Cherry era hermoso.

En voz muy baja, para que tan solo Vittorio pudiera escucharla, susurró:

–Sí, por favor.

Entonces, él se levantó, la tomó entre sus brazos y la besó como si fueran los únicos presentes. Todo el mundo comenzó a aplaudir y a vitorearlos. Todo el mundo se volvió loco de alegría. Los aplausos podrían seguramente escucharse a varios kilómetros de distancia. Sin embargo, Cherry y Vittorio estaban tan felices que ni siquiera se percataron de ello.

Se casaron seis meses después, en la misma iglesia que Sophia. En aquella ocasión, la novia llevó un sencillo vestido de seda color marfil y un pequeño ramo de margaritas. El novio iba vestido de negro, con un chaleco color marfil. Cherry se preguntó si estaba bien estar en el altar en el día de la boda con unos pensamientos tan lujuriosos, pero no podía evitarlo. Vittorio estaba tan guapo que se le habían doblado las rodillas cuando lo vio.

La iglesia estaba a rebosar. Vittorio había hecho venir a los familiares y amigos de Cherry desde Inglaterra dos días antes de la boda. Liam no había acompañado a Angela y a su madre aunque Cherry lo había invitado. Su madre le confesó que la pareja estaba teniendo problemas y, por el modo en el que Angela comenzó a pestañear en cuanto vio a Vittorio minutos después de llegar, Cherry llegó a la conclusión de que su madre decía la verdad.

Nunca supo lo que Vittorio le dijo a su hermana cuando ella consiguió apartarlo del resto, pero ella regresó muy sonrojada y furiosa. No dijo ni una palabra a nadie durante el resto del día. Sin embargo, el día de la boda sí se portó bien. Mantuvo un perfil bajo y se mantuvo alejada de Cherry, que era precisamente lo que esta había deseado. Su madre, por el contrario, estaba muy contenta porque una de sus hijas se hubiera casado tan bien. De repente, pareció decidir que Cherry era su favorita y comenzó a regalarle el oído a Vittorio. Resultaba gracioso y triste a la vez. Cherry se alegró mucho cuando todos el contingente inglés se marchó el día después de la boda.

Aquella noche, el baile duró hasta muy tarde. Cherry se sintió en el paraíso mientras bailaba en brazos de su esposo a la luz de la luna. Parecía que solo tenían ojos el uno para el otro.

Por fin, los invitados comenzaron a marcharse. Entraron en la casa abrazados y, cuando llegaron al dormitorio principal, Vittorio se volvió para mirarla antes de abrir la puerta.

–Ninguna otra mujer más que tú ha entrado aquí –dijo–. Quiero que lo sepas, *mia piccola*. He tenido muchas mujeres, eso ya lo sabes, pero jamás he traído ninguna a mi cama de casa Carella.

–Me alegro –susurró ella mientras le acariciaba la barbilla.

Cherry no había estado nunca en aquel dormitorio. Desde que le pidió matrimonio, Vittorio se había comportado muy tradicionalmente. Tanto que, de hecho, Cherry había sentido deseos de devorarlo en más de una ocasión y él había insistido en que esperaran hasta la noche de bodas.

–Vas a ser mi esposa –le había dicho–. La madre de mis hijos. Así debe ser.

Por fin había llegado la noche de bodas. Ella lo miró con enormes ojos. Vittorio la tomó en brazos y abrió la puerta. Tras atravesar el umbral, la cerró de una patada. Entonces, comenzó a besarla. Ella le devolvió el beso con total abandono y emotiva inocencia. Lo deseaba más de lo que nunca hubiera creído posible. Solo con mirarla, Vittorio podía despertar un deseo desbocado en ella. Como ya estaban casados, no tenían que esperar más.

La besó como jamás la había besado antes. Entonces, muy lentamente, comenzó a desabrocharle los botones del vestido. Las manos le temblaban ligeramente cuando por fin lo dejó caer al suelo. Mientras Cherry se lo sacaba por los pies, Vittorio comenzó a acariciarle los pechos a través del sujetador.

–Eres tan hermosa... Tan perfecta...

Volvió a tomarla en brazos y la llevó a la enorme cama. Allí, le quitó el resto de la ropa. Entonces, comenzó a acariciarla y a succionarle los pezones hasta que ella gritó de placer.

Cherry estaba desesperada por sentirlo contra ella. Le ayudó a desnudarse con dedos torpes e inexpertos.

–No se me da muy bien...

–Me alegro de que sea así...

Vittorio terminó de quitarse la ropa y se reunió con ella sobre la cama. Tras enmarcarle el rostro con las manos, comenzó a besarla con dulce ternura.

–Soy el primero. No tienes ni idea de lo que eso significa para un hombre. Es mucho más de lo que merezco.

Siempre que había pensado en su primera vez con Vittorio, Cherry había imaginado que sería rápida, lujuriosa y excitante. Fue lujuriosa y excitante, pero no tuvo nada de rápido. Cuando la tuvo en su cama, Vittorio insistió en darle placer, en tocarle y en saborearle cada centímetro de su piel. Las dulces y cálidas sensaciones hicieron que ella se retorciera, que le clavara las uñas en la espalda y que gimiera de placer. Cuando Vittorio encontró el centro de su feminidad con los labios y la lengua, la necesidad de sentirlo dentro se hizo desesperada. Sin embargo, ella necesitaba también tocarlo y saborearlo...

Por el amor que le tenía gozaba con cada momento íntimo. Él le mostró cómo tocarle y darle placer. Cherry se sintió poderosa, como una diosa, cuando dejó que el instinto la guiara en una sexualidad que nunca había imaginado que poseyera. Se dejó guiar por él como lo había hecho anteriormente en la pista de baile, movimiento a movimiento. Sin embargo, aquel baile de amor estaba más allá de cualquier cosa imaginable para Cherry.

Vittorio tardó mucho tiempo en colocársele entre las piernas. La ansiosa humedad del cuerpo de Cherry lo acogió fácilmente. Ella se fue adaptando a su invasor.

−¿Te estoy haciendo daño? −susurró él.

Había habido una ligera sensación de dolor, pero ya había pasado. Cherry gozaba con lo que él le estaba dando y se arqueaba para que Vittorio pudiera penetrarla más profundamente. Lo deseaba todo.

El cuerpo de él respondió rápidamente y se movió más rápidamente, estirándola y llenándola hasta que la poseyó por completo con un ritmo desenfrenado que los llevó a ambos al éxtasis y más allá. Las oleadas de placer que experimentaron eran tan intensas que resultaban casi dolorosas.

Cherry aún seguía temblando minutos después. Vittorio se tumbó de costado y comenzó a besarla.

−Eres perfecta −murmuró mientras le besaba dulcemente los párpados, la nariz y la boca, ya hinchada por la pasión−. Perfección absoluta. ¿Cómo he podido vivir tanto tiempo sin ti? Te amo con todo mi corazón, *mia piccola*. ¿Lo sabías?

Claro que lo sabía. Cherry sonrió.

−Demuéstralo −le dijo suavemente mientras lo besaba apasionadamente, de un modo que despertó inmediatamente el cuerpo de Vittorio.

—Enseguida —musitó él.

Las bromas se vieron pronto sustituidas por la pasión. El fuego del deseo prendió entre ellos y, muy pronto, el único idioma entre ellos fue el del amor. El mejor idioma de todos.

Bianca

Fuera de su alcance... ¡pero irresistible!

A Rocco D'Angelo no le iban las mujeres dependientes, y comprometerse no era lo suyo. Sin embargo, la atracción que sintió al conocer a Emma Marchant, la enfermera de su adorada abuela, iba más allá del desafío que suponía para él cada nueva conquista.

La prudente Emma jamás habría imaginado que un día cambiaría el tranquilo pueblecito inglés en el que vivía por la exótica costa de Liguria, en Italia, y mucho menos que la cortejaría un hombre con tan mala reputación como Rocco. Ella podría ser la mujer que domase al indomable Rocco... a menos que su enamoramiento fuese más peligroso de lo que había imaginado...

Las huellas del pasado

Chantelle Shaw

¡YA EN TU PUNTO DE VENTA!

Acepte 2 de nuestras mejores novelas de amor GRATIS

¡Y reciba un regalo sorpresa!

Oferta especial de tiempo limitado

Rellene el cupón y envíelo a
Harlequin Reader Service®
3010 Walden Ave.
P.O. Box 1867
Buffalo, N.Y. 14240-1867

¡Sí! Por favor, envíenme 2 novelas de amor de Harlequin (1 Bianca® y 1 Deseo®) gratis, más el regalo sorpresa. Luego remítanme 4 novelas nuevas todos los meses, las cuales recibiré mucho antes de que aparezcan en librerías, y factúrenme al bajo precio de $3,24 cada una, más $0,25 por envío e impuesto de ventas, si corresponde*. Este es el precio total, y es un ahorro de casi el 20% sobre el precio de portada. !Una oferta excelente! Entiendo que el hecho de aceptar estos libros y el regalo no me obliga en forma alguna a la compra de libros adicionales. Y también que puedo devolver cualquier envío y cancelar en cualquier momento. Aún si decido no comprar ningún otro libro de Harlequin, los 2 libros gratis y el regalo sorpresa son míos para siempre.

416 LBN DU7N

Nombre y apellido	(Por favor, letra de molde)	
Dirección	Apartamento No.	
Ciudad	Estado	Zona postal

Esta oferta se limita a un pedido por hogar y no está disponible para los subscriptores actuales de Deseo® y Bianca®.
*Los términos y precios quedan sujetos a cambios sin aviso previo.
Impuestos de ventas aplican en N.Y.

SPN-03 ©2003 Harlequin Enterprises Limited

Deseo

Un nuevo rostro
KATHERINE GARBERA

De familia pobre, Christopher Richardson había jurado ser algún día rico y poderoso y formar parte del Club de Ganaderos de Texas, pero al ver a Macy Reynolds, su amor de adolescencia, supo que ella era el verdadero motivo por el que había trabajado tanto para hacer su fortuna. Chris se había marchado de la ciudad años antes del accidente que a Macy le había cambiado la vida y el rostro, y el interés que mostraba el millonario por ella le resultó halagador, pero ¿estaba interesado realmente en ella o era solo una más en su lista de mujeres?

¿La querría a ella de verdad?

¡YA EN TU PUNTO DE VENTA!

Bianca

¡Era una propuesta escandalosa!

Al alquilar aquella cabaña en Irlanda, Karen Ford buscaba un refugio donde esconderse de su pasado, pero sin ninguna intención de establecer una relación con un hombre, y menos con el sombrío extraño al que había conocido aquel aciago día…

Desgraciadamente, no había manera de escapar de Gray O'Connell, el solitario hombre de negocios, que resultó ser su casero. Gray era conocido por su comportamiento frío y altivo, de ahí el sobresalto de Karen al escuchar su escandalosa propuesta…

Vidas tormentosas

Maggie Cox

[5]

¡YA EN TU PUNTO DE VENTA!